Die Entdeckung der Wollust

Erotische Dichtung des Barock

Mit einem Nachwort herausgegeben von
Joseph Kiermeier-Debre und
Fritz Franz Vogel

Mit Illustrationen aus Kupferstichen der Zeit

Deutscher Taschenbuch Verlag

Originalausgabe
Mai 1995
Deutscher Taschenbuch Verlag GmbH & Co. KG, München

Umschlagtypographie: Celestino Piatti
Umschlagbild: Lucia Obi nach dem Kupferstich »Die Liebe« von Jacob Matham um 1600
Gesamtherstellung: Kösel, Kempten
Printed in Germany ISBN 3-423-02360-0

Über dieses Buch

Fünf Stufen sind es, die zum erotischen Parnaß der galanten Zeit führen: *visus*, *allocutio*, *tactus*, *basium* und *coitus*. Wer sich auf verliebte Blicke, gar ein galantes Gespräch einläßt, so stellt uns der antike Poetiker der scherzhaften Muse, Aelius Donatus, sein Programm vor, für den sind die restlichen Akte der Handlung ziemlich zwingend vorgeschrieben. Berührungen, Küsse und Koitus sind aber im Gegensatz zu den Mühen, die jedes Ausbildungsprogramm in den Künsten als einen schwierigen Anstieg – *gradus ad parnassum* – auf die Höhen einer Kunstdisziplin erscheinen lassen, in der *ars amatoria* Routinen, die leicht und gerne erklommen werden. Diesem Programm nicht unähnlich definiert sich der Status der Muse der erotischen Dichtkunst. Zwar ist auch die zehnte, die *musa iocosa*, eine Jungfrau wie die anderen neun Musen, aber im Gegensatz wiederum zu diesen will sie sich nicht für alle Ewigkeit auf diesen Zustand festgeschrieben sehen. – Besonders das 17. Jahrhundert hat das alte poetologische Programm zu einer virtuosen poetischen Praxis ausgebaut, die unserer heutigen, eher abschreckenden und reichlich armseligen erotischen Diktion ein wenig mit ihrer Bild- und Metaphernfülle und mit ihrer Delikatesse auf die Sprünge helfen könnte. Den universalen Aufriß der Erotik – *Erotopägnon* –, den die sogenannte »galante Zeit« und vor allem ihr Hauptvertreter in der deutschen Literatur, Hoffmann von Hoffmannswaldau, entwirft, will diese Anthologie in ihren besten, will sagen frivol-anregendsten Beispielen nachzeichnen. Sie stützt sich dabei ihrerseits, indem sie diese schamlos plündert, auf eine Anthologie, die als der Inbegriff einer Sammlung erotischer Lyrik gelten darf: es ist die zwischen 1695 und 1727 in sieben Bänden erschienene Sammlung »Herrn von Hoffmannswaldau und andrer Deutschen auserlesener und bißher ungedruckter Gedichte« von Benjamin Neukirch.

Literatur · Philosophie · Wissenschaft

LVXVRIA

Omnia peruertit Veneris vesana Libido,
Jura, fidem, patriam, seque, suosque, Deos
Sic Moabi natas Israel quæril. et Ammon
Germanæ impatiens ardet amore suæ

Martin de Voss

Crispian de Passe
scalptor
excudit Coloniæ.

Christian Hoffmann von Hoffmannswaldau

Die Wollust.

1.

DIe Wollust bleibet doch der Zucker dieser Zeit /
Was kan uns mehr / denn sie / den Lebenslauf versüssen?
Sie lässet trinckbar Gold in unsre Kehle fliessen /
Und öffnet uns den Schatz beperlter Liebligkeit;
In Tuberosen kan sie Schnee und Eiß verkehren /
Und durch das gantze Jahr / die FrühlingsZeit gewehren.

2.

Es schaut uns die Natur als rechte Kinder an /
Sie schenckt uns ungespart den Reichthum ihrer Brüste /
Sie öffnet einen Saal voll zimmetreicher Lüste /
Wo aus des Menschen Wunsch Erfüllung quellen kan.
Sie legt als Mutter uns / die Wollust in die Armen /
Und läst durch Lieb und Wein den kalten Geist erwarmen.

3.

Nur das Gesetze wil allzu Tyrannisch seyn /
Es zeiget iederzeit ein widriges Gesichte /
Es macht des Menschen Lust und Freyheit gantz zunichte /
Und flöst vor süssen Most uns Wermuthtropffen ein;
Es untersteht sich uns die Augen zuverbinden /
Und alle Liebligkeit aus unser Hand zuwinden.

4.

Die Ros' entblösset nicht vergebens ihre Pracht /
Jeßmin wil nicht umsonst uns in die Augen lachen /
Sie wollen unser Lust sich dienst= und zinsbar machen /
Der ist sein eigen Feind / der sich zu Plagen tracht;

Wer vor die Schwanenbrust ihm Dornen wil erwehlen /
Dem muß es an Verstand und reinen Sinnen fehlen.

5.

Was nutzet endlich uns doch Jugend / Krafft und Muth /
Wenn man den Kern der Welt nicht reichlich wil genüssen /
Und dessen Zuckerstrom läst unbeschifft verschüssen /
Die Wollust bleibet doch der Menschen höchstes Guth /
Wer hier zu Seegel geht / dem wehet das Gelücke /
Und ist verschwenderisch mit seinem Liebesblicke.

6.

Wer Epicuren nicht vor seinen Lehrer hält /
Der hat den Weltgeschmack / und allen Witz verlohren /
Es hat ihr die Natur als Stiefsohn ihn erkohren /
Er mus ein Unmensch seyn / und Scheusaal dieser Welt;
Der meisten Lehrer Wahn erregte Zwang und Schmertzen /
Was Epicur gelehrt / das kitzelt noch die Hertzen.

Paul Fleming

Auf die Italiänische Weise: O fronte serena

O Liebliche Wangen /
Ihr macht mir Verlangen /
Diß rohte / diß weisse
Zu schauen mit fleisse.
Und diß nur alleine
Ists nicht / das ich meyne;
Zu schauen / zu grüssen /
Zu rühren / zu küssen.
Ihr macht mir Verlangen /
O liebliche Wangen.

O Sonne der Wonne /
O Wonne der Sonne!
O Augen / so saugen
Das Licht meiner Augen.
O englische Sinnen /
O himmlisch Beginnen.
O Himmel auf Erden /
Magst du mir nicht werden
O Wonne der Sonne!
O Sonne der Wonne!

O schönste der schönen /
Benimm mir diß sehnen.
Komm / eile / komm / komme /
Du süsse / du fromme.
Ach Schwester / ich sterbe /
Ich sterb' / ich verderbe.
Komm / komme / komm / eile /
Komm / tröste / komm heile.
Benimb mir diß sehnen /
O schönste der schönen!

Paul Fleming

Wie er wolle geküsset seyn.

NIrgends hin / als auf den Mund /
da sinckts in des Hertzens grund.
Nicht zu frey / nicht zu gezwungen /
nicht mit gar zu fauler Zungen.

Nicht zu wenig / nicht zu viel.
Beydes wird sonst Kinderspiel.
Nicht zu laut / und nicht zu leise /
Beyder Maß' ist rechte weise.

Nicht zu nahe / nicht zu weit.
Diß macht Kummer / jenes Leid.
Nicht zu trucken / nicht zu feuchte /
wie Adonis Venus reichte.

Nicht zu harte / nicht zu weich.
Bald zugleich / bald nicht zugleich.
Nicht zu langsam / nicht zu schnelle.
Nicht ohn unterscheid der Stelle.

Halb gebissen / halb gehaucht.
Halb die Lippen eingetaucht.
Nicht ohn Unterscheid der Zeiten.
Mehr alleine denn bey Leuten.

Küsse nun ein Jedermann /
wie er weiß / will / soll und kan.
Ich nur / und die Liebste wissen /
wie wir uns recht sollen küssen.

Paul Fleming

WOlte sie nur / wie sie sollte;
Vnd solt' ich nur / wie ich wolte /
So wer' ich und sie vergnügt.
Ach / wie wer' es wol gefügt /
Wenn wir nicht so wiederstrebten /
Sondern itzt und für und für /
Ich bey ihr / und sie bey mir /
In verglichner Liebe Lebten.

O wie würden unsre Heerden
So geschwinde feister werden /
Feld / und Thal / und Berg / und Heyn /
Würden mit uns frölich seyn.
Alle Nympfen würden lachen /
Vnd uns manchen schönen Tantz /
manchen schönen lieben Krantz
In den bunten Wiesen machen.

Ich auch würd' auf meiner Pfeiffen
Ein erfreutes Liedlein greiffen /
Wenn ich in der Liebsten Schooß
Alles Kummers würde loß.
Denn wolt' ich an stat deß Klagen /
Das mich itzt für seiner Pein /
Kaum läßt mich und meine seyn /
Nur von lauter Wonne sagen.

O du schöne Salibene!
Salibene / O du schöne /
Schau doch / wie sich alles liebt /
Vnd in süssen Freuden übt.
Alles wird durch Lust gerühret.

Wir nur gönnen unsre Zeit
Der verstoßnen Einsamkeit.
Denck' / ob diß sich auch gebühret.

Christian Hoffmann von Hoffmannswaldau

Lob=rede an das liebwertheste Frauen=zimmer. C.H.v.H.

HOchwerthes jungfern=volck / ihr holden anmuths=sonnen /
Ihr auserwehlter schmuck / der hauß und gassen ziert.
Wer ist so steinern / der euch nicht hat lieb gewonnen?
Und welchen habt ihr nicht mit fesseln heimgeführt?
Wer ist so kühn / der darff für eure augen treten /
Wenn ihr die waaren habt der schönheit ausgelegt?
Wer will euch / liebste / nicht als einen Gott anbeten /
Weil ihr das bildnis seyd / das Venus selbst geprägt.
Jedoch ich will nur bloß ein theil von dem berühren /
Mit welchem die natur euch herrlich hat versehn.
Der sinnen schiff soll mich in solche länder führen /
Wo auff der see voll milch nur liebes=winde wehn.
Die brüste sind mein zweck / die schönen marmel=ballen /
Auf welchen Amor ihm ein lust=schloß hat gebaut;
Die durch das athem=spiel sich heben und auch fallen /
Auf die der sonne gold wolriechend ambra thaut.
Sie sind ein paradieß / in welchem äpffel reiffen /
Nach derer süssen kost iedweder Adam lechst /
Zwey felsen / um die stets des Zephirs winde pfeiffen.
Ein garten schöner frucht / wo die vergnügung wächst.
Ein über=irrdisch bild / dem alle opffern müssen.
Ein ausgeputzt altar / für dem die welt sich beugt.
Ein crystallinen qvell / aus welchem ströme flüssen /
Davon die süßigkeit den nectar übersteigt.
Sie sind zwey schwestern / die in einem bette schlaffen /
Davon die eine doch die andre keinmal drückt.

Zwey kammern / welche voll von blancken liebes=waffen /
  Aus denen Cypripor die göldnen pfeile schickt.
Sie sind ein zeher leim / woran die sinnen kleben;
  Ein feuer / welches macht die kältste hertzen warm;
Ein bezoar / der auch entseelten giebt das leben;
  Ein solcher schatz / für dem das reichthum selbst ist arm.
Ein kräfftig himmel=brod / das die verliebten schmecken;
  Ein alabaster=hauß / so mit rubinen prahlt;
Ein süsser honigseim / den matte seelen lecken;
  Ein himmel / wo das heer der liebes=sterne strahlt.
Ein scharff=geschliffen schwerd / das tieffe wunden hauet /
  Ein rosen=strauch / der auch im winter rosen bringt.
Ein meer / worauff man der Syrenen kräffte schauet /
  Von denen der gesang biß in die seele dringt.
Sie sind ein schnee=gebürg / in welchem funcken glimmen /
  Davon der härtste stahl wie weiches wachs zerfleust.
Ein wasser=reicher teich / darinnen fische schwimmen /
  Davon sich sattsam ein verliebter magen speist.
Sie sind der jugend lust / und aller kurtzweil zunder /
  Ein krantz / in welchem man die keuschheits=blume sieht.
Sie kürtzen lange zeit / und stifften eitel wunder /
  Weil beydes glut und schnee auff ihrem throne blüht.
Sie sind ein runder sarg / wo liebe liegt begraben /
  Ein ditrich / welcher auch des hertzens grund auffschleust /
Ein ort / in dem nur lust will sitz und wohnstadt haben /
  In dessen hölen milch und nectar häuffig fleust.
Zwey fässer / welche sind mit julep=safft erfüllet /
  Lockvögel / derer thon ein freyes hertze bindt;
Zwey sonnen / welche zwar mit dünnem flor umhüllet /
  Doch macht ihr heller blitz die klärsten augen blind.
Sie sind ein zart gewand von schwanen=weisser seide /
  Daran man sehen kan / wie ieder faden steht /
Zwey hügel / derer höh' bedecket ist mit kreide /
  Zwey fläschgen / denen nie der wollust milch entgeht.
Zwey brünne / da nur stets gesunde wasser quellen /
  Und wo die dürre nicht der adern marck aussaugt.

Zwey jäger / welche zahm und wilde thiere fällen /
Wo keines wird verschont / was nur zu fangen taugt.
Zwey schnee=balln / welche doch unmöglich schmeltzen können /
Womit das jungfern=volck der männer seelen schmeist.
Zwey aufgestelte garn / und schlingen freyer sinnen /
Aus denen gar kein mensch / wie klug er ist / entreist.
Zwey kräme / wo man huld und freundlichkeit ausleget /
Und wo ein rother mund nur kan der kauffmann seyn.
Zwey körb' / in welchen man bloß marcipan feil träget /
Nach dessen süßigkeit die lippen lechsend schreyn.
Zwey thürme / derer pracht von elffenbein vollführet /
Darauff Cupidens pfeil die wache fleißig hält.
Zwey kleinod / derer glantz der jungfern leiber zieret /
Wenn ihre freundligkeit den männern netze stellt.
Sie sind ein blasebalg / ein feuer auffzufachen /
Das durch kein mittel nicht kan werden ausgelöscht.
Zwey bette / wo rubin und marmel hochzeit machen /
Wo süsse mandel=milch der rosen scharlach wäscht.
Sie sind ein see=compas / der hurtig rudern heisset /
Eh man in hafen der vergnügung wird gebracht.
Ein reiner thron / auff dem der liljen silber gleisset /
Worauff verliebtes volck nur hat zu sitzen macht.
Ein werthes heiligthum / das keusche lippen küssen /
Für dem sich hertz und knie in tieffster demuth neigt.
Ein meer / aus dem sich lust und liebligkeit ergiessen /
Ein bergwerck / dessen grund zwey demant=steine zeigt.
Doch niemand lobt den brauch die kugeln zu verdecken /
Darauff man sehen kan / wo lieb= und lust=land liegt.
Ach schönste! glaubet mir / ihr möget sie verstecken /
Ein liebes=auge hat dem allen obgesiegt
Orontes selbst bezeugt / daß kein verbergen nutze /
Der brüste Pharos hat durch zart gewand geleucht.
Er ruht im liebes port ietzt unter ihrem schutze /
Wenn uns ein rauher sturm noch um die segel streicht.
Wol dem nun / der wie er kan so vergnüget leben!
Den so ein weisser schild für wehmuths=wunden schützt!

Der seinem munde kan dergleichen zucker geben /
   Der so vergnügt / wie er / im liljen=garten sitzt!
Der so die blumen mag auff weissen wiesen brechen;
   Der aus der brüste schacht rubin und demant gräbt.
Der rosen samlen kan ohn einzig dornen=stechen;
   Der von der speiß und krafft der süssen äpffel lebt.
Dem so das glücke blüht / den es so bruder nennet /
   Dem eine runde brust kan pfühl und polster seyn.
Der in der liebsten schooß mit vollem zügel rennet
   Der seiner Venus so flößt liebes=balsam ein.

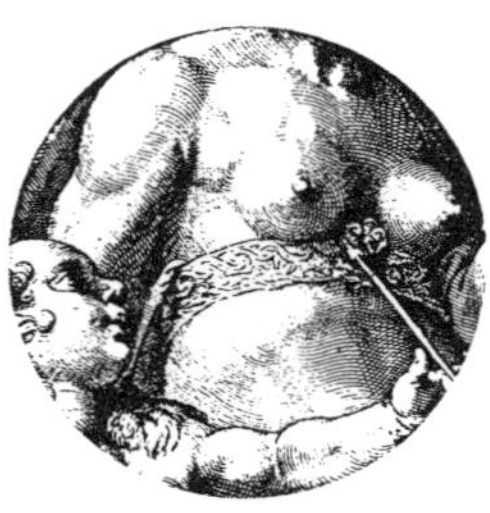

[Christian Hoffmann von Hoffmannswaldau?]

Schertz=Lied.

ALs die Venus neulich sasse
In dem bade nackt und bloß /
Und Cupido auff dem schooß
Von dem liebes=zucker asse /
Zeigte sie dem kleinen knaben
Alles was die frauen haben.

Marmel=hügel sah er liegen /
Von begierden auffgebaut;
Sprach zur mutter überlaut:
Wann werd ich dergleichen kriegen /
Daß mich auch die schäferinnen /
Und die damen lieb gewinnen?

Venus lacht aus vollem munde
Über ihren kleinen sohn:
Denn sie sah und merckte schon /
Daß er was davon verstunde /
Sprach: du hast wohl andre sachen /
Die verliebter können machen.

Unterdessen ließ sie spielen
Seine hand auf ihrer brust:
Denn sie merkte, daß er lust
Hatte weiter nachzufühlen /
Biß ihr endlich dieser kleine
Kam an ihre zarte beine.

Als er sich an sie geschmieget /
  Sprach er: Liebes mütterlein /
  Wer hat an das dicke bein
Euch die wunde zugefüget?
Müst ihr Weiber denn auff erden
Alle so verwundet werden?

Venus konte nichts mehr sagen /
  Als: du kleiner bösewicht /
  Packe dich / du solst noch nicht
Nach dergleichen sachen fragen.
Wunden / die von liebes=pfeilen
Kommen / die sind nicht zu heilen.

Christian Hoffmann von Hoffmannswaldau

C.H.v.H.

1.

ALbanie / gebrauche deiner zeit /
Und laß den liebes=lüsten freyen zügel /
Wenn uns der schnee der jahre hat beschneyt /
So schmeckt kein kuß / der liebe wahres siegel /
Im grünen may grünt nur der bunte klee.
Albanie.

2.

Albanie / der schönen augen licht /
Der leib / und was auff den beliebten wangen /
Ist nicht vor dich / vor uns nur zugericht /
Die äpffel / so auff deinen brüsten prangen /
Sind unsre lust / und süsse anmuths=see.
Albanie.

3.

Albanie / was quälen wir uns viel /
Und züchtigen die nieren und die lenden?
Nur frisch gewagt das angenehme spiel /
Jedwedes glied ist ja gemacht zum wenden /
Und wendet doch die sonn sich in die höh.
Albanie.

4.

Albanie / soll denn dein warmer schooß
So öd und wüst / und unbebauet liegen?
Im paradieß da gieng man nackt und bloß /
Und durffte frey die liebes=äcker pflügen /
Welch menschen=satz macht uns diß neue weh?
Albanie.

5.

Albanie / wer kann die süßigkeit
Der zwey vermischten geister recht entdecken?
Wenn lieb und lust ein essen uns bereit /
Das wiederholt am besten pflegt zu schmecken /
Wünscht nicht dein hertz / daß es dabey vergeh?
Albanie.

6.

Albanie / weil noch der wollust=thau
Die glieder netzt / und das geblüte springet /
So laß doch zu / daß auff der Venus=au
Ein brünstger geist dir kniend opffer bringet /
Daß er vor dir in voller Andacht steh.
Albanie.

Christian Hoffmann von Hoffmannswaldau

Frühlings=gedancken.
C.H.v.H.

KOm / Cynthia / der frühling tritt heran /
Die blume wil nicht in der knospe bleiben /
Die nachtigal stimmt ihre lieder an /
Und will die zeit mit liebligkeit vertreiben;
Der weinstock weint zum zeugen seiner lust /
Daß Phöbus ihn mit neuen augen grüsset /
Feld / thal und berg schmückt lenden / schooß und brust /
Wenn Flora sie mit buntem munde küsset.
Es rühren sich die kräffte der natur /
So durch den frost vor diesem war verschlossen /
Was adern hat / kommt auff der liebe spur /
Und was der thau des himmels hat begossen.
Cupido reist auff seine laute zu /
Die saiten sind des leibes beste sehnen /
Ich / Cynthia / verliehre trost und ruh /
Bewegen dich nicht meine heisse thränen?
Komm / Cynthia / bewege geist und fuß /
Und komm mit mir in einen schlechten garten /
Der blumen schar empfindet fast verdruß /
So lang auff dich / mein schönes licht / zu warten.
Was noch der frost mit schlechten banden drückt /
Und eine lufft des weissen nordens bindet /
Wird alsobald erlöset und erquickt /
Wenn sich der glantz von deinen sonnen findet /
Trit frölich zu / denck auff die blumen nicht /
Dieselben durch die füsse zu verderben /
Es ist ihr wunsch also seyn zugericht /
Und durch den fuß / der himmlisch ist / zu sterben.

Doch liebest du vielmehr die süsse ruh /
Und bist gesinnt dich in das graß zu setzen /
So läst es dir auch diese freyheit zu /
Wie solte sie das schöne theil verletzen.
So trachte nur / weil erd und himmel lacht /
Die schöne zeit nicht schläfrig zu verliehren.
Erwege doch, was jener sperling macht /
Es will der schalck uns in die schule führen.
Schau was man dort mit jener schmate thut /
Man nimt den stock und pfropffet in die krinne /
Es regt in mir sich adern geist und blut /
Komm / daß ich auch dergleichen spiel beginne.

Christian Hoffmann von Hoffmannswaldau

An Lauretten

  LAurette bleibstu ewig stein?
  Soll forthin unverknüpffet seyn
Dein englisch=seyn und dein erbarmen?
  Komm / komm und öffne deinen schooß
  Und laß uns beyde nackt und bloß
Umgeben seyn mit geist und armen.

  Laß mich auff deiner schwanen=brust
  Die offt=versagte liebes=lust
Hier zwischen furcht und scham geniessen.
  Und laß mich tausend tausendmahl /
  Nach deiner güldnen haare zahl /
Die geister=reichen lippen küssen.

  Laß mich den ausbund deiner pracht /
  Der sammt und rosen nichtig macht /
Mit meiner schlechten haut bedecken;
  Und wenn du deine lenden rührst /
  Und deinen schooß gen himmel führst /
Sich zucker=süsse lust erwecken.

  Und solte durch die heisse brunst /
  Und deine hohe gegen=gunst
Mir auch die seele gleich entfliessen.
  So ist dein zarter leib die bahr /
  Die seele wird drey viertel jahr
Dein himmels=rundter bauch umschliessen.

Und wer alsdann nach meiner zeit
Zu lieben dich wird seyn bereit /
Und hören wird / wie ich gestorben /
Wird sagen: Wer also verdirbt /
Und in dem zarten schoosse stirbt /
Hat einen sanfften tod erworben.

Christian Hoffmann von Hoffmannswaldau

Als er die Lesbia sich entkleiden sehen. Sonnet.

DIe saubre Lesbia saß mit geschrenckten füssen,
Ihr netter finger war um schuh und strümpff bemüht.
Hier konnt' ich, was sie doch sonst jedem aug entzieht,
Durch einen kühnen blick in stiller lust geniessen.
Die seide hatte kaum dem marmel weichen müssen,
Als sich der leichte rock von ihrem leibe schied;
Doch als die sichre hand die weisse brust verrieth,
So ward ich unvermerckt in ohnmacht hingerissen:
Die augen suncken hin, die beine wurden matt.
Die nackte Lesbia stieg sicher in das bad,
Eh ich mein auge konnt' aus der verwirrung führen.
Und also ward sie mir kein gantz entdecktes land.
Doch hat die blosse brust mir so viel krafft entwandt;
Was würde Silvius nicht in der schos verliehren.

Christian Hoffmann von Hoffmannswaldau

C.H.v.H.

SO soll der purpur deiner lippen
Itzt meiner freyheit bahre seyn?
Soll an den corallinen klippen
Mein mast nur darum lauffen ein /
Daß er an statt dem süssen lande /
Auff deinem schönen munde strande?

Ja / leider! es ist gar kein wunder /
Wenn deiner augen sternend licht /
Das von dem himmel seinen zunder /
Und sonnen von der sonnen bricht /
Sich will bey meinem morrschen nachen
Zu einen schönen irrlicht machen.

Jedoch der schiffbruch wird versüsset /
Weil deines leibes marmel=meer
Der müde mast entzückend grüsset /
Und fährt auff diesem hin und her /
Biß endlich in dem zucker=schlunde
Die geister selbsten gehn zu grunde.

Nun wohl! diß urthel mag geschehen /
Daß Venus meiner freyheit schatz
In diesen strudel möge drehen /
Wenn nur auff einem kleinen platz /
In deinem schooß durch vieles schwimmen /
Ich kan mit meinem ruder klimmen.

Da will / so bald ich angeländet /
Ich dir ein altar bauen auff /
Mein hertze soll dir seyn verpfändet /
Und fettes opffer führen drauff;
Ich selbst will einig mich befleissen /
Dich gött= und priesterin zu heissen.

Christian Hoffmann von Hoffmannswaldau

Sonnet.
Er schauet der Lesbie durch ein loch zu.
C.H.v.H.

ES dachte Lesbie / sie sässe gantz allein /
Indem sie wohl verwahrt die fenster und die thüren;
Doch ließ sich Sylvius den geilen fürwitz führen /
Und schaute durch ein loch in ihr gemach hinein.
Auff ihrem lincken knie lag ihr das rechte bein /
Die hand war höchst bemüht / den schuch ihr zuzuschnüren /
Er schaute / wie der moß zinnober weiß zu zieren /
Und wo Cupido will mit lust gewieget seyn.
Es ruffte Sylvius: wie zierlich sind die waden
Mit warmem schnee bedeckt / mit helffenbein beladen!
Er sahe selbst den ort! / wo seine hoffnung stund.
Es lachte Sylvius / sie sprach: du bist verlohren /
Zum schmertzen bist du dir / und mir zur pein erkohren:
Denn deine hoffnung hat ja gar zu schlechten grund.

Christian Hoffmann von Hoffmannswaldau

C.H.v.H.

IHr hellen mörderin / ihr augen schliest euch zu /
Jedoch die schönen brüste /
Als zunder meiner lüste /
Geniessen keine ruh /
Ihr auffgeblehter schnee rafft alle krafft zusammen /
Und bläst in meine flammen.

Es muß dein athem ja wohl glut und hitze seyn /
Denn was daraus erqvillet
Ist auch mit brand erfüllet:
Der edlen flammen schein
Bezeuget als rubin sich auff der berge spitzen /
Mich armen zu erhitzen.

Du schläffst in sichrer ruh / ich aber wach allhier /
Verirret in den schrancken
Voll schlüpffriger gedancken /
Ich schaue dich in mir /
Und ich bemühe mich / den unmuth zu versüssen /
Im geiste dich zu küssen.

Ich fühle / wie mich hier des ambers lieblichkeit /
Den deine zunge giebet /
Wenn sie am schärffsten liebet /
Mit anmuth überstreut /
Und wünsche / daß dein geist auch in dem schlaffe spüre /
Was ich im sinne führe.

Es muß ein süsser traum von liebes=schelmerey
Dir durch die adern dringen /
Und dich zu etwas zwingen /
So dir gantz fremde sey /
So dich zu früher zeit / so bald du wirst erwachen /
Auch schamroth könne machen.

Der liebes=engel selbst / so neidisch ist wie du /
Der will sich itzt bemühen
Den fürhang fürzuziehen /
Von wegen deiner ruh;
Doch must du mit der zeit mir ungescheut entdecken /
Wie dir die träume schmecken.

[Christian Hoffmann von Hoffmannswaldau?]

FAch / Amaranthe / deine ballen
   Mit frischen seuffzern wieder auff;
Laß nicht die bälge niederfallen /
   Flöß thau von deinen lippen drauff:
   Hüll ihre flammen
      In scharlach ein /
   Zwing sie zusammen /
      Biß sie wie stein
      Gebildet seyn.

Die brüste sind der liebe zunder /
   Wovon die schönheit nahrung nimmt.
Ein stamm und abgott aller wunder /
   So blüht und frucht zugleich bekömmt.
   Des tempels kertzen
      Sind so gemacht /
   Daß kalten hertzen /
      Durch ihre pracht
      Wird glut beybracht.

Der wangen bunte zauber=künste /
   Sind ohne würckung bey der brust;
Die achseln schimmern / wie durch dünste /
   Und zehl'n mit stirn und kinn verlust.
   Die lippen welcken /
      Und siegen nicht /
   Wenn ihren nelcken
      Der brüste pflicht /
      Ein hauch / gebricht.

Sagt / ob was schöners wohl zu finden /
   Als wo sich milch und blut vermählt /

Und perlen mit corall verbinden /
Wo lust die holen seuffzer zehlt.
Cupidens kriege /
Sind sonder lust /
Wenn seine siege
Der zarten brust
Nicht sind bewust.

Ihr zucker=äpffel aller lüste /
Entblöst den marmel / den ihr hegt /
Weht flor und schleyer weg ihr brüste /
Weist was der strauch vor blumen trägt.
Was stets entdecket /
Ist nur gemein;
Was ihr verstecket /
Kan ohne schein
Und werth nicht seyn.

Ihr felsen jauchzet / weil die liebe
An euch die güldne pfeile wetzt /
Den himmel macht kein nebel trübe /
An den zwey monden sind gesetzt.
Lilg' und rubinen
Sind sterne hier /
Doch strahlt vor ihnen /
Des krantzes zier /
Die sonn' an dir.

Von blumen / die die wespe lecket /
Trägt keine biene honig ein /
Und was nach fremden küssen schmecket /
Kan kein altar der liebe seyn;
Der brüste spiegel
Macht im gesicht

Daß alle riegel
Der zucht durchbricht /
Gar leicht zu nicht.

Du milch=brunn süsser anmuths=triebe;
Berg / der mit flammen um sich schlägt;
Du zauber=kreyß der grimmen liebe;
Sarg / der des buhlers freyheit trägt;
Ihr purpur=lippen /
Und brust / wohlan!
An euren klippen
Fährt itzt mein kahn.
Der wollust an.

Hüll' Amaranthe nur die schätze
In würm=gespinste wieder ein /
Zeig ihnen der natur gesetze /
Daß nur ein pfleger könne seyn.
Halt sie verholen /
Biß sie begehrt /
Der ihre kohlen
Durch ambra nehrt /
Und dich mit ehrt.

[Christian Hoffmann von Hoffmannswaldau?]

ACh daß ich euch nicht meiden müste /
   Ihr schätze dieser dritten welt /
Ihr schnee=gebürgten engel=brüste /
   Von lufft und seuffzern auffgeschwellt;
   Mit eurer rundten liebligkeit
Mag nichts durchaus verglichen werden /
Weil ihr des himmels und der erden /
   Des grossen rundtes bilder seyd.

Ihr die ihr beyde hände füllet /
   Ihr seyd hier nicht wie anderwärts
In tausend tüchern eingehüllet /
   Und qvält das aug / und klemmt das hertz:
   Ihr zeiget bloß und decket frey /
Durch lindes auff= und nieder=wallen /
Daß in euch weissen marmor=ballen
   Blut / feuer / geist und leben sey.

Auff euren hügeln / schöne brüste /
   Hat eine werthe mildigkeit
Den süssen saamen aller lüste
   Zu vollem wachsthum ausgestreut:
   Hier ist die süsse frucht der welt /
Die nach dem paradiese schmecket /
Darein der starcke leim verstecket /
   Der alle welt zusammen hält.

Ach möchten mir die würffel fallen /
   Daß ich nicht dürffte weiter gehn /
Und könte stets euch zucker=ballen
   In eurem milch=meer schwimmen sehn /
   Ich wolte gern durch manchen kuß /

Euch allerschönsten liebs=altären
Die höchste billigkeit gewähren /
   Die man an euch verwundern muß.

Doch nein der himmel wills nicht leiden /
   Mein schicksal reist mich von euch hin;
Lebt wohl / ich muß euch ewig meiden /
   Wiewohl ich euer sclave bin.
   Was denn der mund nicht leisten kan /
Das nehmt ihr schönsten engel=brüste /
Ihr gegenwürffe meiner lüste /
   Von liebenden gedancken an.

Christian Hoffmann von Hoffmannswaldau

C.H.v.H.

WO sind die stunden
 Der süssen zeit /
Da ich zu erst empfunden /
 Wie deine lieblichkeit
Mich dir verbunden?
Sie sind verrauscht / es bleibet doch dabey /
Daß alle lust vergänglich sey.

Das reine schertzen /
 So mich ergetzt /
Und in dem tieffen hertzen
 Sein merckmahl eingesetzt /
Läst mich in schmertzen /
Du hast mir mehr als deutlich kund gethan /
Daß freundlichkeit nicht anckern kan.

Das angedencken
 Der zucker=lust /
Will mich in angst versencken.
 Es will verdammte kost
Uns zeitlich kräncken /
Was man geschmeckt / und nicht mehr schmecken soll /
Ist freuden=leer und jammer=voll.

Empfangne küsse /
 Ambrirter safft /
Verbleibt nicht lange süsse /
 Und kommt von aller krafft;
Verrauschte flüsse

Erquicken nicht. Was unsern geist erfreut /
Entspringt aus gegenwärtigkeit.

Ich schwamm in freude /
Der liebe hand
Spann mir ein kleid von seide /
Das blat hat sich gewand /
Ich geh' im leide /
Ich wein' itzund / daß lieb und sonnenschein
Stets voller angst und wolcken seyn.

Benjamin Neukirch

Auff die Perlitz=Mühlendorffische Hochzeit.

DAs grüne feigenblat / das Adam vor sich nahm /
War kaum mit schlechter kunst um seinen leib gewunden /
Als Eva schon bey sich in die gedancken kam:
Ey / warum haben wir uns beyde doch verbunden?
Ist Adam so wie ich an gliedern auch bestellt /
So dürffen wir uns ja nicht vor einander schämen?
Und führt er sonsten was / das etwan mir gefällt /
Warum will die natur mir mein geschencke nehmen?
Sie hätte noch vielmehr der sachen nachgedacht /
Was aber ließ sie doch die kurtze zeit umfassen?
Weil gleich den augenblick das urtheil ward gebracht:
Sie solten beyderseits das paradieß verlassen.
Nach diesem schlug das feur zwar frische flammen an /
Sie fand sich aber noch zu zeiten sehr betrogen;
Denn Adam war nunmehr mit peltzen angethan /
Und hatte leib und haut mit fellen überzogen.
Wer war wohl ärmer nun als Eva dazumahl?
Sie mischte speiß und tranck mit kummer=reichen thränen;
Ihr hertze war voll angst / die seele voller qual /
Und muste sich umsonst nach ihrer kühlung sehnen.
Doch weil sie mittler zeit noch solche grillen fieng /
Und der gedancken schiff ließ hin und wieder fliegen /
Geschah es ungefähr / daß sie zu felde gieng /
Und ihren Adam fand im grünen grase liegen.
Sein leib war mehrenteils von kleidern unbedeckt /
Die glieder streckten sich / wie silberne Colossen /
Nur diß / was die natur zum zunder ausgesteckt /
War noch zu mehrer lust in rauches fell verschlossen.
Wie / wenn nach trüber nacht der schwartze schatten weicht /

Wenn himmel / wolck und lufft in reinem golde strahlen /
Alsdenn der kühle thau die felder überstreicht /
Und sich die tulipen mit frischem purpur mahlen.
So zog der Even hertz den freuden=balsam an;
Die adern stürtzten sich in geister=volle flammen /
Und was ihr ehermahls das gröste leid gethan /
Schlug itzt in einen dampff der grösten lust zusammen.
Sie fiel vor süsser qual in den begrünten klee /
Die füsse suncken ihr bey ihrem Adam nieder /
Und endlich drückte sie des leibes zarten schnee /
Und ihre schwanen=brust an seine marmel=glieder.
Der stirne taffel=werck / des halses helffenbein /
Der lichte carmasin der rothen mund=corallen /
Die alle dauchten ihr nur leerer schaum zu seyn /
Auff die ein heisser mund läßt seine küsse fallen.
Sie forschte weiter nach / und blößte seinen schooß /
Ihr finger rührte sich um seine weiche lenden;
Da war sie völlig nun der alten sorgen loß /
Und schaute den betrug in ihren liljen=händen.
Ja / sprach sie / voller scham / das hab ich wohl gedacht /
Daß Adam nicht umsonst die blätter vorgenommen;
Wer aber hat ihm nur den plunder angemacht /
Und wo ist Adam doch zu diesem schaden kommen?
Doch / was bedenck ich mich? die brust ist ja zu klein;
Vielleicht hat die natur mir meinen mann betrogen /
Und hat / was sonsten soll am busen oben seyn /
Durch ihre wunder=kunst biß unten hin gezogen.
Ich weiß nicht / ob sie gar zu laute worte sprach:
Denn Adam fieng nun an vom schlaffe zu erwachen:
Doch als er endlich sah / was Even noch gebrach /
Da must er bey sich selbst der blinden einfalt lachen.
Er schloß ihr zartes haupt mit seinen armen ein /
Und netzte mund und hand mit hundert tausend küssen /
Biß daß die stille krafft der unbekandten pein /
Ihm ließ das sanffte gifft durch seine nieren fliessen.
Da schärfft er allererst der Even den verstand /

Sie laß aus seiner hand die süssen zucker=beeren /
Und beyde wünschten nun / daß diß versüßte band /
Und diese stunden doch nur möchten ewig währen.
Hierauff zerfloß ihr geist durch die zerstreute welt /
Der starcke dampff ergriff den gantzen kreyß der erden /
Und selbst im himmel ward der feste schluß gefällt:
Es solten künfftig nun aus jungfern frauen werden.
Was wunder ist es denn / daß euch / geehrtes paar /
Das anmuths=volle garn der liebes=lust umschlossen?
Weil diese süsse noth unüberwindlich war /
Und euer gefängniß selbst aus Adams schooß geflossen.
Was fleisch ist / sauget auch vom fleische seine krafft /
Und wer ist der mir will mit worten widerstreben?
Daß nicht / weil Eva sich am apffel hat vergafft /
Die engel oben nur / und unten menschen leben?
Ihr thut / was die natur auff erden eingesetzt /
Was selbst der himmel hat in eure brust geschrieben;
Was auch das Alterthum vor reine lust geschätzt /
Und fast vor aller welt ist unverworffen blieben.
Drum kan der himmel euch auch nicht zuwider seyn.
Das glücke wird euch stets in vollen ampeln brennen /
Und dieser zeiten gifft wird durch der sorgen pein /
So wenig eure lust / als die gemüther trennen;
Wo euer fuß hintritt / da werden rosen stehn /
Doch solt ihr beyde nicht die scharffe dornen fühlen;
Sie soll als eine braut in balsam ströhmen gehn /
Und er soll lebens=lang mit jungfer=äpffeln spielen.
Wo hätt' ihr besser wohl eur leben angebracht?
Wie solt eur freuden=baum wohl andre früchte tragen /
Als itzt / da eure lust in voller blüte lacht /
Und eure liebe muß in tausend knospen schlagen?
Seyd eurem glücke nur nicht selber hinderlich /
Und lasst den perlen=sthau nicht in der lufft zerfliegen /
Denn freut euch beyderseits / wenn um Jacobi sich
Ein junger Perlitz wird in seiner muschel wiegen.

AN SYLVIEN.
B.N.

WAs fluchst du / Sylvia / wenn meine schwartze hand
        Um deinen busen spielet?
Sie war so weiß als du / eh' sie der liebe brand /
        Und deine macht gefühlet.
Flöstu das feuer nun in meine glieder ein /
So kan ja meine hand nicht schnee und marmel seyn.
Du sprichst: Sie hat hier nichts zu suchen und zu thun.
        Gar recht; Es soll auch bleiben.
Sie suchet nichts als dich / sie wünschet bloß zu ruhn /
        Und ihren schertz zu treiben.
Was ursach hast du dann / daß du dich so beklagst?
Da du doch diese gunst den flöhen nicht versagst?

EIN ANDERS.
B.N.

1.

ACh! wirff doch einen blick auff deine silber=ballen /
Verstockte Sylvia /
Sie sind dem tode nah;
Die spitzen lassen schon die rosen=blüthe fallen /
Die berge ziehn die stoltzen liljen ein /
Und werden bald so gleich wie deine wangen seyn.

2.

Wie / sind wir / schreyen sie / dann darum nur erschaffen /
Daß uns ein blinder groll
In kercker schliessen soll?
Cupido nennet uns ja seine liebes=waffen.
Was kommet dich dann für ein eyffer an /
Daß du / o Sylvia! uns in den bann gethan?

3.

Ihr männer helffet uns durch eure macht erretten!
Zerreißt bald mörder=schloß /
Und macht uns wieder loß.
Wir lieben keinen zwang / und leiden keine ketten /
Und Franckreichs mod' und tolle kleider=pracht /
Mag seyn für wen sie will / nur nicht für uns gemacht.

4.

So klagen / Sylvia / die hart=bedrängten Kinder.
Ach höre doch ihr schrey'n /
Und hilff sie bald befrey'n /
Wo nicht / so schneid sie ab / und wirff sie vor die rinder.
Dann wenn sie nur im finstern sollen ruhn /
So kan dirs / wann du willst / auch wohl ein schnupftuch thun.

[Benjamin Neukirch? / Christian Hoffmann von Hoffmannswaldau?]

CLimene / prüfe fleisch und blut /
Und straffe meine liebes=glut /
Nicht nach der schwäche deiner flammen;
Mein feuer kömmt aus Adams schooß /
Darein der himmel selber floß;
Wie kan dein menschlich hertz doch meine glut verdammen.

Du bist / wie Eva / fleisch und bein /
Drum kanstu auch kein engel seyn /
Und ausser menschen dich verlieben /
Und das gesetze der natur /
Das mit dem athem in uns fuhr /
Hat auch in deine brust: seyd fruchtbar; eingeschrieben.

Wer sich in stiller glut verbrennt /
Und menschen=liebe sünde nennt /
Muß auch das paradieß verdammen;
Denn Evens weisse marmel=haut
War kaum aus knochen auffgebaut /
So fühlte Adams hertz schon süsse liebes=flammen.

Climene / drum bedencke dich /
Du kanst hier ohne dornen=stich
Die schönsten zucker=rosen brechen.
Ein mensch muß wie die ärtzte seyn /
Und eher nicht von todtes=pein /
Als von der lebens=krafft der starcken öle sprechen.

Schau / meine seele schmeltzt in mir /
Und alle glieder folgen dir /
Gleich wie die blumen ihrer sonnen;

Bist du mir nun mein sonnen=schein /
So laß mich deine blume seyn /
Biß meine wurtzel grund in deinem schooß gewonnen.

Benjamin Neukirch

An Charatinen.
B.N.

WIe irret doch das rad der menschlichen gedancken!
Wir bilden offtermahls uns diß und jenes ein:
Jedoch wenn schluß und rath kaum unterschrieben seyn /
So fängt der leichte sinn schon wieder an zu wancken.
Mein kind / ich will dich nicht mit sitten=lehren speisen;
Mein brieff war neulich kaum nach - - abgeschickt /
Die augen waren erst vom schlaffe zugedrückt /
Da reitzte mich die lust schon wieder nachzureisen.
Pfuy! sprach ich / lästu so die süsse zeit verschiessen?
Strahlt deine sonne dich mit todten blicken an?
Wer ist / der deinem thun hier grentzen setzen kan?
Und wer / der deinen geist in fässel denckt zu schliessen?
Wilstu die nase nun erst in die bücher stecken?
Ach allzuschwache krafft vor deine liebes=pein!
Da muß kein todes oel und fauler balsam seyn /
Wo sich die funcken schon in lichte flammen strecken.
Weg mit der phantasey! weg mit den feder=possen!
Ein mägdchen ist weit mehr / als alle bücher werth.
Der hat sein glücke schon in asch und grauß verkehrt /
Der in das Cabinet auch seel' und geist verschlossen.
Mit diesem sprang ich auff / fing alles an zuschmeissen /
Riß zettel und pappier in hundert stück entzwey /
Und sprach: die last ist hin und Abimenin frey:
So muß ein tapffres hertz durch tausend stricke reissen.
Ein blat / ein kahles blat soll meine freyheit binden?
Ja / (fuhr ich weiter fort) das stünde schülern an:
Ich habe längsten schon dir / liebste / dargethan /
Daß ich in dir allein will meinen kercker finden.

Der eifer mehrte sich wie meine liebes=kohlen /
Gleich aber als ich noch die letzten Worte sprach /
Da trat des fuhrmanns knecht in unser schlaff=gemach /
Umb den verdienten lohn von neulich abzuholen.
Er ließ sich unverhofft durch meine lust bewegen /
Befohlen und geschehn / war alles nur ein wort:
Ich saß mit Thyrsis auff / und fuhren beyde fort /
Umb dir die liebes=schuld / mein engel / abzulegen.
Es schien / der himmel selbst bestrahlte mein verreisen /
Die winde liessen nichts als amber=lüffte wehn /
Die wolcken musten uns in tausend rosen sehn /
Und auge / mund und hertz mit voller anmuth speisen.
Die pferde säumten nicht den leicht=beladnen wagen /
Die räder flohen schnell / wie pfeile / strom und blitz /
Die glieder fühlten kaum den hart gebauten sitz /
Und wurden wie ein stein durch dicke lufft getragen.
Und so weit muste mich das blinde glücke küssen.
Darauff nahm Sandau uns zur abenb=taffel ein:
Ach Sandau! daß du soltst mein trauer=denckmahl seyn!
Ach Sandau / daß du mich in diese noth gerissen!
Warumb hab ich doch hier die liebe müssen brechen?
Warumb hat dich mein hertz mit thränen angeschaut?
Ach Sandau! hätt ich nicht auff deinen sand gebaut /
So dürffte nicht der todt itzt meine sünde rächen.
Verzeihe / liebstes kind / ich muß es nur bekennen /
Ein weib / ein schwaches weib hat meinen krantz entführt;
Doch wo dich noch ein strahl der alten liebe rührt /
So laß nicht deinen zorn wie meine laster brennen.
Nicht wundre / schönste / dich / wie dieses zugegangen:
Ich nahm von ihrer hand nur einen becher wein /
Der becher flößte mir den liebes=nectar ein /
Und ich ward wider art / gantz unvermerckt gefangen.
Da sah ich ihr gesicht als hundert sonnen blitzen /
Sie schien mir etwas mehr als Venus selbst zu seyn.
Und das verborgne gifft der stillen liebes=pein
Fieng an mit aller macht in meiner brust zu schwitzen.

Die taffel ward darauff mit tüchern überzogen /
Hier trug man löffel=kraut und hasel=hüner auff /
Und setzte vor begier die scharffen messer drauff /
Dort ward der süsse wein aus gläsern eingesogen.
Was uns der starcke safft vor geister eingegossen
Wie sich die stille glut im busen angesteckt /
Was vor ein liebes=strom mir meine brust befleckt /
Und wie mein mattes hertz von flammen fast zerflossen /
Ist / schönste / diß papier zu wenig abzureissen;
Genug; der schlaff zerbrach den augen ihren schein /
Ein ieder scharrte sich ins weiche lager ein;
Ich aber fieng allein für trauren an zu kreissen.
Amanda (so will ich die geile Venus nennen)
Lag dichte neben mir zur seiten mit der brust /
Mein seuffzen war ihr trost / und meine liebes=lust
Schoß auch verborgne glut / ihr feuer anzubrennen.
Ach daß ich / sagte sie / dein leiden könte stillen /
Ach kühlte meine brunst auch / liebster / deine pein /
So müste diese brust itzt nicht verschlossen seyn.
Und dieser dünne zeug nicht meinen leib umhüllen.
Ich netzte deinen mund mit hundert tausend küssen /
Es würde nichts als lust aus allen adern gehn /
Die lippen müsten dir in vollem amber stehn /
Und mein erhitzter schooß mit muscateller fliessen:
Nun aber kenn ich nicht die qvelle deiner wunden.
Es muß was höhers seyn / das deine freude bricht /
Dein kummer stammt aus mir und meiner anmuth nicht /
Sonst wäre schon der trost für deine noth gefunden.
Mir ward durch dieses wort die seele fast entrissen /
Doch stieß ich / wo mir recht / noch diese seuffzer aus:
Bleibt / schönste / deine brust nur meiner wollust haus /
So weiß mein sonnen=licht von keinen finsternissen.
Was brust? versetzte sie / das hertze steht dir offen /
Komm / reiß den blumen=schatz nach deinem willen hin /
Komm / küsse / biß du satt / ich aber krafftloß bin
Und endlich beyde wir in liebe sind ersoffen.

Drauff ließ das kühne weib die feder=decke fliegen /
Und gab den geilen leib von allen ecken bloß /
Hier sprang das leichte schloß von ihren brüsten loß /
Dort sah ich noch was mehr in voller flamme liegen.
Das leichte marmel=spiel der apffel=runden ballen /
Der schnee=gebürgte bauch / der purpur=rothe mund /
Und was noch etwan sonst hier zu berühren stund /
War leider! allzu starck zu meiner unglücks=fallen.
Ich ärmster konte mir nicht länger widerstreben /
Ich warff mich in den schlamm der sünden=vollen lust /
Ich druckte leib an leib / und wieder brust an brust /
Und wünschte nichts als so mein leben auffzugeben.
Mein leben / das allein an meiner liebsten augen /
Mein leben / das allein an ihrem hertzen hieng /
Und das / wenn meiner brust der athem gleich entgieng /
Doch wieder konte safft aus ihren lippen saugen.
Ich lernte / wie sich fleisch und fleisch zusammen schickte /
Ich sanck vor matter pein in den gewölbten schooß /
Biß meine beste krafft wie warme butter floß /
Und wie die seele gar aus meinen adern rückte.
Gleich aber / als wir noch der süssen lust genossen /
Kam und zerriß ihr mann die zucker=süsse ruh /
Und schaute mit bestürtzt= und blassen augen zu /
Wie unser leib und geist in einen klumpen flossen.
Der eyfer ließ ihn nicht viel donner=worte machen /
Diß war sein erster gruß: Ha / hure / liegst du hier!
Wacht denn ein ieder hund vor deiner kammer=thür /
Und stößt sich ieder fels an deinen liebes=nachen?
Mit diesem fing er mir vom schelmen an zu singen /
Da fühlt ich / wie der zorn mir gall auff galle goß:
Die glieder brannten an / die klingen giengen loß /
Und ieder suchte nun den degen anzubringen.
Inzwischen weiß ich nicht / ob es sich schicken sollen /
Daß ich durch einen sprung zur erden niedersanck.
Da merckt ich / daß der stahl durch meine ribben drang
Und mir das warme blut kam aus der brust gequollen.

Wie / wenn ein tieger=thier das leben sieht entweichen /
Nach blut=besprützter haut sich doppelt stärcker macht:
So ward mein eyfer auch in volle glut gebracht /
Und dachte mit gewalt den mörder abzureichen.
Ich schwang mit blosser faust mein eisen hin und wieder;
Ach aber nur umsonst! die adern wurden schwach /
Die seele selber floß durch meine purpur=bach;
Ich aber fiel erstarrt auff meinen rücken nieder.
Da sucht ich ärmster nun vergebens zu genesen /
Nachdem die wunde mir bald halbe leben nahm.
Doch als ich wieder heim / und zu mir selber kam /
Ist / Charatine / diß mein erstes wort gewesen:
Ach Abimenin! ach! was hast du doch verbrochen?
Wo bleibt die grüne treu / wo der verliebte schwur /
Der neulich / falscher / dir aus deinem munde fuhr /
Als Charatine dir das hertze zugesprochen?
Geh hin / und rühme dich der süssen liebes=wunden /
Geh / sage wie ihr thau die lippen dir gekühlt /
Diß hast du nur geschmeckt / und jenes nur gefühlt;
Denn beydes ist bereits auff einen tag verschwunden.
Verräther / traust du dich wohl selber anzuschauen?
Muß so dein liebes=glaß in hundert stücken gehn?
Wer wird hinfüro mehr auff deine freundschafft sehn /
Und auff den porcellan der glatten worte bauen?
Doch / Abimenin / halt! / halt deinen geist zurücke!
Bezähme qual und pein mit zügeln der gedult.
Offt ist ein kleiner fall und hencker=werthe schuld
Zu der erwünschten gunst die beste gnaden=brücke.
Geh / wirff dein angesicht zu ihren zarten füssen /
Und mache deinen fleck mit tausend thränen rein /
Laß ein beklemtes ach statt hundert worte seyn /
Und nichts als trauer=saltz aus beyden augen schiessen.
Das feur wird endlich doch die reine brust bewegen /
Die brust / in welche sich mein falsches hertze schloß /
Die brust / aus der die lust der keuschen liebe floß /
Und die mir kett und band hat wissen anzulegen.

Was aber hast du vor? was hoffst du? sprach ich wieder /
Auff zweiffel=volle gunst? Nein / Abimenin / nein.
Die sonne tilget nicht die flecken deiner pein /
Und stürtzt dich nur in grund des grösten kummers nieder.
Du wirst vergeblich nur die thränen hier vergiessen /
Dein abgeschicktes flehn ist keiner ohren werth.
Wer selbst den himmel ihm in höllen hat verkehrt /
Muß auch mit etwas mehr als schlechtem wasser büssen.
Hier riß die traurigkeit aus den gesetzten dämmen /
Ich stieß mit ungestüm den degen in die brust /
Und sprach: Wo gleich itzund die schmertzen meiner lust
Dich / Charatine / nicht mit wehmuth überschwemmen;
So solst du doch die treu aus meinem blute lesen.
Mein engel / zittre nicht. Itzt folgt das ende drauff:
Denn hier erwachten mir die müden augen auff /
Da war das gantze spiel ein blosser traum gewesen.

Johann von Besser

An Calisten.

ICh kan mir nicht mehr widerstreben;
  Die schönheit flößt mir das gelüsten ein.
Im Paradieß kan keiner leben /
  Und ohne fall und fehl=tritt seyn.
Dein Edens=platz / mein kind Caliste /
  Zieht meine hand
Auff deinen kreyß der rundten brüste /
  Und meinen leib in dein gelobtes land.

Der lentz pflegt uns in herbst zu leiten;
  Das jahr läst uns nach blumen früchte sehn:
Laß mich doch auch nach deinen zeiten
  In deinen anmuths=garten gehn.
Mein frühling ist ein kuß gewesen /
  Laß aus der schooß
Mich endlich reiffe früchte lesen /
  Wie in dem stand der unschuld nackt und bloß.

Du kanst den leib mir nicht verschliessen /
  Von welchem du mir schon das hertz entdeckt.
Laß unsern geist zusammen fliessen /
  Weil doch kein kuß ihm selber schmeckt.
Vergrabe mich in helffenbeine /
  Voll fleisch und blut;
Denn werd ich gleich darinn zum steine /
  So weiß ich doch / daß es mir sanffte thut.

Eröffne mir das thor zum lande /
  Wo zucker rinnt / und wollust tafel hält;

Laß meinen kahn am engen strande
  In deine neu=erfundne welt.
Du darffst dich nicht / Caliste / schämen;
  Das feigen=blat /
Das Eva für sich muste nehmen /
  Zeigt und verdeckt nicht unsre lagerstatt.

Bestraffe mich mit keinem tadel /
  Daß deinen schooß mein hertze lieb gewinnt;
Denn der magnet forscht mit der nadel /
  Biß er den mittel=punct ergründt.
Ein schäfgen weidt in thal und auen /
  Wo schatten ist;
Mein hertze will das deine schauen;
  Drum such ich es / da / wo du offen bist.

Johann von Besser

1.

NIcht schäme dich / du saubere Melinde /
Daß deine zarte reinligkeit
Der feuchte mond verweist in eine binde /
Und dir den bunten einfluß dräut.
Der grosse belt hegt ebb' und flut /
Was wunder / wenns der mensch der kleine thut.

2.

Die röthligkeit bei deinen bunten sachen
Hat niemahls deinen schooß versehrt.
Wie muscheln sich durch purpur theuer machen /
So macht dein schnecken-blut dich werth.
Wer liebt dein dinten=meer wohl nicht /
Weil man daraus corallen=zincken bricht.

3.

Nur einmahl bringt das gantze jahr uns nelcken /
Dein blumen=busch bringts monatlich /
Dein rosen=strauch mag nicht verwelcken /
Sein dorn der hält bey dir nicht stich /
Denn was die sanfften blätter macht /
Das ist ein thau von der johannis=nacht.

4.

Kanst du gleich nicht die lenden hurtig rühren /
Lobt man dich doch im stille stehn /
Der augenblau wird leichtlich sich verlieren /
Denn wirst du seyn noch eins so schön.
Man sammlet / spricht die gantze welt /
Viel besser frucht / wenn starcke blüte fällt.

5.

Laß mich darum doch keine fasten halten /
 Ein könig nimmt den schranck zwar ein /
Doch muß er fort / wenn sich die wasser spalten /
 Der geist muß ausgestossen seyn.
Man geht / wie iedermann bekandt /
Durchs rothe meer in das gelobte land.

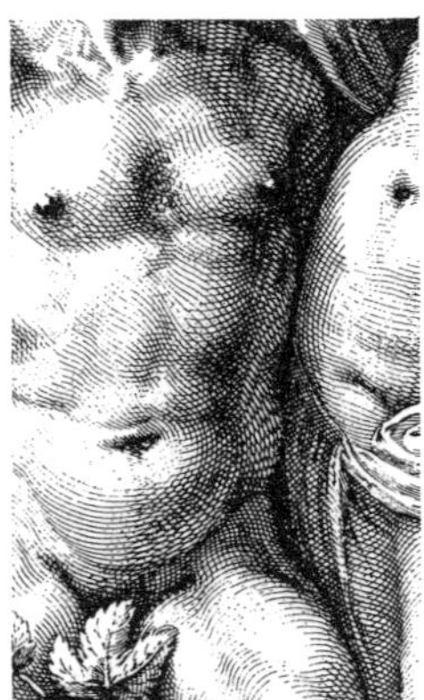

Johann von Besser

Ruhestatt der Liebe / oder Die schooss der Geliebten.

Bey diesen brennenden und schwülen sommer=tagen
Ließ Chloris sich einmahl in ihren garten tragen /
Und suchte für den brand der sonnen eine klufft /
Von kühler witterung und schattenreicher lufft.
Sie setzte sich erhitzt bey einem baume nieder /
Und streckte bald darauff die perlen=volle glieder
In das noch frische gras / geruhiger zu seyn /
Und schlieff auch / wie sie lag / halb von der seiten ein.
Ihr alabaster=leib war nur mit flor bekleidet /
Und weilen man den zwang nicht bey der hitze leidet /
Ward ihre blosse brust im grünen klee gespürt /
Die zur gemächlichkeit sie eben auffgeschnürt.
Der sanffte westen=wind / bereit sie abzukühlen /
Ließ seinen othem gleich auff diese wellen spielen /
Und bließ mit stillem hauch bei ihrer süssen ruh
Ihr aus der Floren hand die weichsten blumen zu.
Es wiegte gleichsam sie sein angenehmes weben;
Doch als er sich bemüht den leichten rock zu heben /
Riß endlich unversehns von der gestreckten schooß
Der vorgeschürtzte flor mit seinem gürtel loß.
Hilff himmel / welcher schmuck! was süsse wunderwercke /
Der schönheit gröste pracht mit aller ihrer stärcke /
Der liebe paradieß ward hier uns auffgedeckt /
So Chloris uns bißher zur sicherheit versteckt.
Das liebste / das man kennt / und doch sich scheut zu nennen /
Weil auch das blosse wort uns schon vermag zu brennen /
War hier insonderheit gantz ungewöhnlich schön /

Und ließ sich auch / vor stoltz / hoch aufgebrüstet sehn.
Es lag wie ein castell von marmor auffgeführet /
In einem liljen=thal / den seine gegend zieret /
Des eingang von rubin / und gantze lager=statt
Nichts als ein schatten=werck von myrthen um sich hat.
Es sah von forne zu (hier fehlt der beste pinsel)
Als wie ein grotten=haus / wie jene morgen=insel /
Wo die glückseligkeit den tag zu erst beschaut /
Und wo die nachtigall in lauter rosen baut.
Die zwo von helffen=bein so rund gewölbten hüffte
Verdeckten diesen sitz als ein paar gleiche klüffte /
Durch deren schutz kein sturm auff das gestade streicht /
Und dieses lust=revier dem steten sommer gleicht.
Kein apffel kan so frisch sich an den stengel halten /
Kein purpur=pfirsig ist so sanfft und zart gespalten /
Kein kleiner raum der welt hat so viel überfluß /
Als in der Chloris schooß der weisse nabel=schluß.
Die sonne selbst verliebt in so viel zierlichkeiten
Vergaß / dem ansehn nach / im lauffe fortzuschreiten /
Und drung sich durch das laub / mit hülffe von dem west.
Die vogel hielten es für ein geblümtes nest.
Die brunnen wolten sich durch diesen garten winden /
Die blumen glaubten hier ihr blumen=feld zu finden /
Die Nymphen waren selbst wie halb darein vernarrt /
Und Zephyr küst es kaum / so fand er sich erstarrt.
Der treue Celadon / dem sie zuvor entwichen /
War ihr gantz unvermerckt von ferne nachgeschlichen /
Und ward des schönen blicks so zeitig nicht gewahr /
Als er zugleich empfand die schlüpffrige gefahr.
Die liebe hieß ihn erst zwar seine Chloris ehren;
Doch wolte sie ihm auch / als liebe / nichts verwehren;
Und wie sie uns entzückt zu dem geliebten trägt /
Hat selbst sie seine hand an Chloris leib gelegt.
Er zuckt und bebete / wie leichte feder=flocken /
So sehr er es verlangt / so war er doch erschrocken.
Er tappte wie ein mensch bey dicker finsterniß /

Und wagte nicht die hand / wohin sie doch sich riß.
Was halff ihm alle furcht vor dem geliebten weibe?
Die finger glitten aus auff dem polirten leibe /
Und rollten mit gewalt vor das gelobte land /
Das eine hole faust in allem überspannt.
  Du armer Celadon / wie wurdest du betrogen!
Du wärest fast von glut und flammen auffgeflogen /
Wo du der finger brand zu kühlen hingesetzt /
Und was du / aus der form / für einen spring geschätzt.
Du fühltest zwar nur sammt und lauter weiche seide /
Du hattest in der hand den brunnqvell aller freude;
Wo die ergötzligkeit von milch und honig rinnt;
Doch dessen sanffte flut mehr als der schwefel zündt.
Es war der kleine brunn die funcken=reiche stelle /
Wo Aetna feuer holt: die wunder=volle qvelle /
Wo Heclens flammen=fluß aus schnee=gebirgen qvillt /
Und der dem Celadon die adern angefüllt.
Er wuste nicht was er vor hitze sollt beginnen;
Er fieng wie weiches wachs vor ohnmacht an zu rinnen /
Und hätt / ich weiß nicht was / vor raserey vollbracht /
Wenn Chloris nicht davon zum unglück auffgewacht.
  Sie stieß / noch voller schlaffs / mit ihren beyden händen /
Den frembd= und kühnen gast von ihren weissen lenden /
Der ihre zarte schooß durchwühlet und verheert /
Und sprach / als sie ihn sah: du bist des stranges werth.
Hilff himmel! was ist das? Hast du den witz verlohren?
Ist diß die stete treu / die du mir zugeschworen?
Hast du der Chloris zorn so wenig denn gescheut /
Daß du auch freventlich ihr heiligthum entweyht?
Daß du! welch eine that! – - sie konte nicht mehr sprechen /
Und wolte sich an ihm mit ihren thränen rächen.
Sie sprang mit ungestüm von ihrem lager auff /
Und eylt aus seinem arm / durch einen strengen lauff.
  Alleine Celadon fiel gleich zu ihren füssen /
Und wuste selbige so fest an sich zu schliessen /
Daß sie / was sie auch that / bey ihm darnieder sanck /

Und er sie zum gehör nach vielen klagen zwang.
Er lag / sie haltende / vor den erzürnten knien /
Und sprach: Mein fehler wird zu groß von dir beschrien.
Ich bitte durch den brand / der meine seele plagt /
Durch jene demmerung die um dein auge tagt /
Durch deine tulpen=schooß / durch deine nelcken=brüste /
Durch die von beyden mir noch unbekandten lüste /
Durch deine schöne hand die mich itzt von sich stößt?
Was hab ich denn verwürckt / das zephyr dich entblößt?
Daß ich es mit beschaut / was dessen hauch verübet /
Daß ich es angerührt / was erd und himmel liebet /
Was selbst der Götter mund begierig hat geküst /
Und was der inbegriff von deiner schönheit ist.
Es ist ja deine schooß der auszug aller zierde /
Der enge sammel=platz der schmeichelnden begierde /
Das rund / wo die natur zusammen hat gedrängt /
Was sich nur reitzendes den gliedern eingemengt.
Hier ist der kleine schatz / der deinen reichthum zeiget /
Der lebendige thron der alle scepter beuget /
Der süsse zauber=kreyß / der unsern geist bestrickt /
Und deß beschwehrungs=wort die felsen auch entzückt.
Ach! Chloris / woltest du / daß ich gewichen wäre!
Bedencke doch die schmach und deiner schönheit ehre.
Ich hätte ja die macht der liebligkeit verhöhnt /
Wenn ich nicht deine schooß mit meiner hand gekröhnt.
Kan Phrynens* blosse brust des richters zunge lähmen /
Wie soll nicht deine schooß uns unser hertze nehmen?
Wird man durch einen blick der **Gorgonen zum stein /

* Diese Phryne stund zu Athen vor gerichte und solte verurtheilet werden. Aber als ihr listiger advocat ihr den schleyer abgerissen / und ihre blosse brust den richtern sehen lassen / wurden sie von ihrer schönheit so eingenommen / daß sie das urtheil änderten / und die beklagte loß sprachen.

** Diß waren drey schwestern von so entzückender schönheit / daß sie keiner ohne erstaunen ansehen können / und die Poeten daher getichtet / als wenn man gar über deren anschauen zu stein worden.

Wer kan unauffgelöst bey deiner allmacht seyn?
Wer ein gefühle hat und hier doch nicht empfindet /
Wen der gedancke nur nicht alsobald entzündet /
Wer diesem schooß=altar zu opffern nicht begehrt /
Der ist viel billiger des engen stranges werth /
O möchtest du einmahl / was wir die liebe nennen /
Mehr nach den würckungen / als nach dem namen / kennen!
Du würdest / für den zorn / mir willig zugestehn /
Man könne sonder raub hier nicht zurücke gehn.
Die Chloris hatte noch bey allen diesen klagen
Noch nicht / vor scham und grimm / die augen aufgeschlagen;
Doch sah sie endlich ihn von einer seiten an /
Wodurch er neuen muth zu ihrer huld gewann.
Er suchte sie darauff mit rechten weißheits=gründen /
Und selbst aus der natur / zum beyfall zu verbinden:
Daß alles was nur lebt / was nur die liebe zwingt /
Nothwendig zu der schooß / als seiner ruhstatt / dringt.
Es hat selbst die natur / sprach er / dafür gestritten /
Nachdem sie es gesetzt recht in des leibes mitten;
Wo dieser mittelpunct der kleinen wunder=welt
Auch den geheimen zug des punctes in sich hält.
Gleichwie ein iedes ding zu seinem circkel eilet /
Der stein nicht in der lufft zu lange sich verweilet /
Das feuer rüstig fleucht / erlassen / in die höh' /
Und ieder fluß verläufft in seine mittel=see:
So wird vielmehr zur schooß / dem mittel=punct im lieben /
Was geist und othem hat / durchdringend angetrieben.
So grimmig ist kein bär / hier hält er keinen stich /
Ihn reist der kleine punct / so wild er ist / zu sich.
Das schuppen=vieh im meer / was hilfft sein schnelles schwimmen?
Es muß durch diesen zug doch an einander klimmen;
Der vogel in der lufft ist schichtern / schlau und leicht /
Doch siehst du wie ihn stets das weibgen nach sich zeucht.
Vor allen aber hat der mensch den trieb empfangen /
Und unsere vernunfft vermehret das verlangen;
Die auch viel eyfriger nach dieser heymat strebt /

Und sich nicht eh vergnügt / als biß man daran klebt.
Wie der magnet mit macht das eisen an sich ziehet /
Wie nach dem norden=pol die nadel schlägt und siehet /
So ist der liebsten schooß der nord und der magnet /
Wohin der gantze wunsch warhaffter menschen geht.
Man sagt: die Venus sey / ihr wesen zu verstellen /
Nicht nach gemeiner art / besondern aus den wellen
In einer muschel helm empfangen und gezeugt /
Wo sie des meeres schaum gewieget und gesäugt.
Wer glaubet solches nicht / der Venus thun erweget?
Weil aber eine schooß der muschel bildniß träget /
Glaub ich / daß Venus gar / was sie ans licht gebracht /
Hernach zu einer schooß der gantzen welt gemacht.
Daß / als die herrscherin ihr muschel=schiff verlassen /
Sie / aller menschen hertz in diesen schrein zu fassen /
Die muschel in die schooß der weiber eingeschrenckt /
Und sich nachgehends selbst / zur wohnung / nachgesenckt.
Wenn diesem also ist / wie wir es glauben müssen /
Kein wunder daß uns denn die schooß zu sich gerissen /
Wo alle reitzungen / wo Venus und ihr kind /
Die liebe / ja wir selbst / mit ihr gebohren sind.
Kein wunder daß man wünscht in dieser muschel=wiegen /
Weil sie darinnen wohnt / der Venus beyzuliegen /
Daß man die liebe sucht / wo ihre lager=statt /
Da / wo diß kleine schild ihr hauß bezeichnet hat.
Die liebe will auch sonst sich nirgends lassen dienen /
In dieser hölen ist sie eintzig uns erschienen /
Diß ist der Götter=hayn / wo sie sich offenbahrt /
Und unser hertz zugleich erforschet / prüfft und paart.
Weil die natur das hertz in uns verdecken wollen /
Wie hätten wir es doch iemahls erkennen sollen /
Wofern die liebe nicht die schooß darzu ersehn /
Das unsichtbare hertz durch wercke zu verstehn?
So aber können wir es höchsterwünscht ergründen /
Was nicht das auge sieht / läst uns die schooß empfinden;
An statt sich nur zu sehn / so spührt man das gemüth /

Und siehet durch die that was nicht das auge sieht.
Wenn denn ein treues paar in süsser glut entglommen /
Und deren seelen nun zusammen wollen kommen /
Bescheiden sie sich nur an den bestimmten ort /
Und dieses schifflein setzt sie über an den port.
Da sprechen sie sich denn / da lernen sie sich fühlen /
Da wissen sie im fleisch zu brennen und zu spielen /
Biß der versteckte leim aus allen adern schäumt /
Und den vermischten geist gar aneinander leimt.
Ach Chloris / die du rühmst / du habest mich erwehlet /
Woraus erkenn ich es / wenn du mir das verheelet /
Was die natur uns selbst zur ruhestatt gesetzt /
Und wornach man allein der liebe warheit schätzt?
Ein freund ist nicht ein freund / der uns was kan verhalten /
So lang er uns / mit sich / nicht läst nach willen schalten;
So lange hat gewiß die liebe nichts gethan /
Als sie nicht alles gibt / was sie nur geben kan.
Du aber hast mir gar den besten theil entzogen /
Dein leib weiß nichts davon daß mir dein hertz gewogen /
Das hertze sieht man nicht / der leib muß zeuge seyn /
Wem glaub ich? du sprichst ja / und deine schooß spricht nein.
Was hab ich zum voraus vor andern die dich kennen?
Liebstu mich nicht genug / mir diß von dir zu gönnen?
Ich bin im eigenthum ein unbekandter gast /
Und für wen sparestu das liebste das du hast?
Du wirst doch diesen schatz nicht für dich selbst vergraben;
Wie / oder soll es gar ein ander als ich haben?
Nein Chloris / höret mir dein hertze / wie man spricht /
So wehre mir denn auch des hertzens eingang nicht.
Er fuhr voll eyffers auff / um dieses unrechts willen.
Doch Chloris wuste bald ihn wieder zu bestillen;
Sie zog / nunmehr erweicht / nach dem bezeugten haß /
Den ausgesöhnten feind mitleidig in das graß.
Man meynt: daß weil er sich bescheiden überwunden /
Der Chloris schooß gesehn / und einmahl bloß gefunden /
Die Götter ihn hieher auch wunderbar gebracht /

Sie endlich seiner treu beständigkeit bedacht;
Sie endlich ihn getröst nach seinem langen leiden /
So daß auch dessen glück die gegend wollen neiden;
Sie aber nach der zeit / wenn ihnen was gefehlt /
Diß süsse sorgen=grab zur linderung gewählt.

Johann von Besser

An den Gärtner und Gärtnerin.

HErr Gärtner / wie so lahm? Wie stehts ums garten=messer?
Mich düncket / es wird stumpf: geschliffen schneidt es besser.
Wer aber hat so schön die Gärtnerin polirt?
Ein ander / mein ich wol / als der sie itzund führt.

Nürnbergischer Bräutigam / der Hr. von F. und dessen Frau / die Frau von Kn. die eben schwanger.

Nürnbergscher Bräutigam / die frau die ist ja schwanger /
Es scheint ihr weidet gern auf einem frembden anger.
Da aber ihren bauch ihr selbst so rund geschliffen:
Gesteht mir / habt ihr nicht mir in mein amt gegriffen?

An den Koch / den Hn. von K.

WIe manches groß und klein und ungebohrtes loch
Hat euer bratspieß nicht gemacht / berühmter koch?
Weil aber ihr nicht freyt / wil euer spies wo fehlen.
Ich schleiffe nicht allein / ich kan auch wohl verstählen.

An den Schuster / dessen Frau Fräul. von Bl.

HIer Schuster / meister Hans / ihr habt ein schönes weib?
Wie theur ein gut paar schuh? was gilt ein solcher leib?
Ey gebt von dieser haut mir einen guten riemen;
Ich schärff euch oder auch ich leih' euch einen pfriemen.

[Johann von Besser?]

1.

GEsteh es nur mein Kind, und lächle nicht zu viel /
Gewiß / du weisest mir das erste liebes=spiel;
Denn als dein süsser mund ein wort von würffeln sprach /
Da dacht ich allererst den sachen weiter nach.

2.

Er würffelt gar zu wohl mit seinem augen=paar /
Ich hört und wuste nicht / was das geredet war.
Indem so blickest du mich gar zu freundlich an /
Da dacht ich allererst / wie einer würffeln kan.

3.

Ist diß die würffel=art / wo mag das bretspiel seyn?
Indem so führtest du mich bey der hand hinein.
Es lag mit flor bedeckt / ich macht es sanffte loß /
Und satzte mich damit auff deinen süssen schooß.

4.

Ach das geliebte bret / das mir gezeiget ward /
War doppelt / rund und zart / wie marmel weiß und hart /
Die augen gaben mir den rechten würffel=lauff /
Der mund den besten stein / den setzt ich küssend drauff.

5.

Wie wohl war mir dabey / voraus mein liebgen dir /
Denn du / du suchtest selbst die besten spiel herfür:
Dick dack und contrapuff / verkehren / aus und ein /
Die solten unsre kurtz= und lange weile seyn.

6.

Indem so ruffestu: Ach still! Ich höre was!
Die frau / frau mutter kömmt / sie sieht / sie mercket das.

Ach wie entsetzt ich mich! Ach wie erschrackest du!
Da deckten wir in eil das bretspiel wieder zu.

7.

So war das spiel verstört. Trag aber keinen groll /
Zeig mir die würffel nur / im fall ich spielen soll.
Ihr mädgen lernet diß / die ihr mich spielen seht /
Ich hab den besten stein in meiner liebsten bret.

[Johann von Besser?]

KOmm längst gewünschte freuden=nacht /
Als zeugin meiner liebe /
Verhülle des gestirnes pracht /
Mach alles schwartz und trübe /
Laß mir an statt der güldnen sterne seyn
Zwey unbefleckter augen schein.

Ich wünsche nicht dein bleiches licht /
Kein nord=stern darff mich führen /
Kein glantz darff meinen augen nicht
Den weiten himmel zieren /
Dieweil die glut / die mich zuvor betrübt /
Mir itzt die beste klarheit giebt.

Ist das geschwinde wunder=kind /
So uns die noth erreget /
Nach aller köpffe meynung blind /
So werd ich nichts beweget /
Daß ich auff dieser unbekandten bahn /
Nicht wie bey tage schauen kan.

Und ist mein auge gleich bedeckt /
So schau ich doch im hertzen /
Daß mir die Venus auffgesteckt
Viel flammen=reiche kertzen /
Durch welcher glantz itzt mein gemüth erkiest /
Was lieben und geniessen ist.

Genug / die nacht erzeiget sich
Auff ihrem schwartzen throne /
Die Venus selbst ermahnet mich
Mit ihrem kleinen sohne

Zu suchen die / so meine freyheit fällt /
Und meinen sinn gefangen hält.

Drum liebste komm / und sey bereit /
Die stunden haben flügel /
Der Phöbus ist gewiß nicht weit /
Er rühret seine zügel /
Dieweil es sich nicht allzuwohl gebührt /
Daß uns der tag nach bette führt.

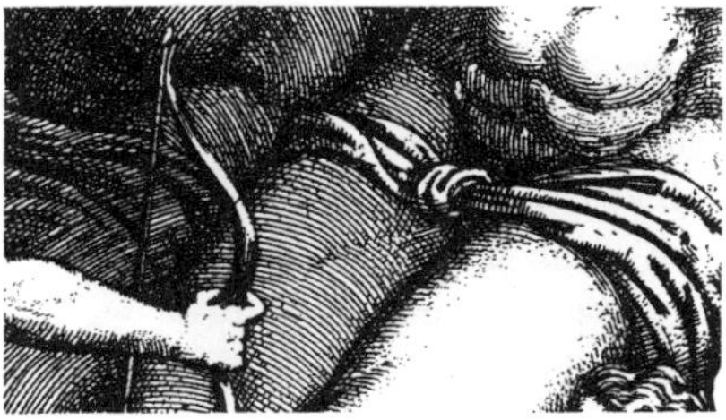

[Johann von Besser?]

KOmm / Philirose / schau die nacht /
Den julep halbverwundter hertzen /
Die zeit / wo wir mit liebe schertzen /
Hat sich nunmehr zu uns gemacht /
Das bleiche licht / das itzt erschienen /
Will uns zur liebes=fackel dienen.

Entblöße jenes schöne feld /
Wo meine seel die wahlstatt funden /
Und meine krafft wie schnee verschwunden /
Als sich dein blick / der starcke held /
So tausend flammen mit sich brachte /
Zugleich aus deinen augen machte.

Ach Philirose komm geschwind /
Laß mich das paradieß besteigen /
Den ort / wo sich die gaben zeigen /
Die weisser / als narcissen / sind /
Laß mich in den verliebten stellen
Dir meine seele zugesellen.

Hier ist kein schrecken noch gefahr /
Entkleide deine brust und lenden /
Ich will die glut auff diesem enden /
Was mir die erste flamm gebahr /
Es soll mein mund auff deinem liegen /
Biß mich die ohnmacht wird besiegen.

Und wenn ich nun besieget bin /
Wenn die entseelung mich gewonnen /
Und mir das leben gar entronnen /
So gieb mir tausend küsse hin;

Und solt ich neue krafft erwerben /
Will ich noch zehnmahl also sterben.

Christian Hölmann

Abbildungen der Brüste.
C.H.

AN unsern felsen wetzt Cupido seine pfeile;
Wenn sie der steiffe sinn der Männer stumpf gemacht;
Dadurch wird uns ein ruhm / der ewig grünt / zu theile /
Und der das eigen=lob der vorigen verlacht.
Ist jener ankunfft hoch / so sind wir gleich geschätzet /
Der himmel ist es ja / wo man den Marmel gräbt
Aus welchem die natur hat unser bild gemetzet /
Das sich aus eigner macht bald auff bald nieder hebt.
Wir sind ein Paradieß / wo liebes=äpffel reiffen /
Die süsser noch als die so Abels Mutter aß;
Die Adams=Söhne sind hier meister in dem greiffen /
Und thuns dem Vater nach / da ers verboth vergaß.
Wir sind der schönste brunn / wo kost und nahrung qvillet /
Wo milch mit honigseim vermengt nach wunsche fliest.
Womit der jungen welt der hunger wird gestillet /
Wenn ihr noch zarter mund desselben öffnung küst;
Wir sind ein blumen=hauß / wo in den winter=stunden
Narciß' und lilje blühn als wie zur frühlings=zeit;
Ein felß wo Chrysolith und Demant wird gefunden;
Ein fruchtbahr sommer=feld mit hagel überstreut;
Ein berg / auff dem der schnee sich selbst in ballen rollet;
Zwo kugeln / die ein bild des weltgebäudes seyn;
Ein bergschloß / wo man vor gelinde griffe zollet /
Eh' uns die freundligkeit läst in die thäler ein;
Ein atlaß / den kein griff so leichtlich nicht beflecket;
Ein kleinod / das den leib des Frauenzimmers ziert;
Ein thurm / auff dessen höh' ein feuer=zeichen stecket;
Ein briff der allezeit ein rothes siegel führt;
Zwey schilde / deren feld mit lilien beleget;

Ein amboß / wo die macht / so alle lieben heist /
Die pfeil' in grosser zahl geschickt zu schmieden pfleget;
Mit denen sie hernach auch riesen niederschmeist;
Die wolle / draus ihr garn die liebesgöttin spinnet;
Ein netze von der hand der wollust auffgestellt;
Ein Cittadell / das leicht ein lieber feind gewinnet;
Ein schnee der lebend ist und feuer in sich hält;
Die burg die von begier und anmuth auffgebauet /
Und deren wände sind mit marmel überlegt;
Ein stein / den man der milch an farbe gleichen schauet /
Und der dem strahle nach des mondes nahmen trägt;
Ein beete / welches offt mit küssen wird begossen;
Ein bette / wo die lieb auff schwanen federn ligt;
Ein ziel / nach welchem auch mit seufftzen wird geschossen;
Ein bollwerck / dem kein sturm hat schaden zugefügt;
Ein wachhauß / wo nur stets zwo schöne schwestern wachen;
Ein wall / durch den das thal der keuschheit wird beschützt;
Ein heerd / wo lieb und lust nicht selten feuer machen;
Ein doppeltes altan auff zeit und schmuck gestützt;
Ein tisch mit teppichten von atlas überleget;
Ein schönes helffenbein / das alles gold beschämt;
Ein wagen / dessen sitz den überwinder träget;
Ein sieger / der die thier' und wilde völcker zähmt;
Ein liebs=gerüst' / auff dem man auch zum thale steiget;
Zwo platten die an werth des silbers mächtig sind;
Zwo taffeln welche man nicht leichtlich jedem zeiget;
Zwo trauben / welche man auff keinen stöcken findt;
Die liebe brauchet uns manchmahl zu handgranaten /
Wenn die eroberung durch pfeile mißgelingt /
Und giebt den nahmen uns des werckzeugs ihrer thaten /
Durch die sie alle welt zur übergabe zwingt;
Doch unser ruhm ist schon in Marmel eingegraben /
Und wird durch so ein blat / wie dieses / nur entweiht;
Kein glied des leibes kan vor uns den vorzug haben
Weil keines so wie wir die gantze welt erfreut.
Wie würde deren Creiß noch voller Menschen leben /

Wenn wir als amme nicht dieselbigen getränckt /
Und täglich müssen wir noch diese nahrung geben /
Damit ihr bau sich nicht zum untergange senckt.
Wir sind ein wunderwerck der schönsten liebs=palläste /
Drum geben sich bey uns auch hohe häupter an /
Und bald sind Könige bald Käyser unsre Gäste /
Bald komt ein kluger Kopf bald gar ein unterthan;
Doch dessen dürffen wir uns ebenfals nicht schämen /
Wir thuns dem himmel nach und machens wie die Welt /
Die zwar die niedrigen in ihre gräntze nehmen /
Und doch auch Königen zur wohnung sind bestellt.
Wir sind dem hertzen nicht vergebens beygefüget /
Es hieß uns die natur desselben schilder seyn;
Die brustwehr / wo der zeug zu dem beschützen lieget /
Drum gab sie uns so nah dabey die wohnung ein.
Wir führen wie die welt zwo kugeln in dem Schilde /
Und dieses ists wodurch der mensch das lob erreicht /
Daß er / die kleine welt / der grossen in dem bilde /
Als wie ein Ey dem Ey und in dem wesen gleicht.
Eh nun die grosse welt nach ungewissen Jahren
Mit ihren kugeln wird zerfallen und vergehn /
So wird die liebe vor auff uns zum himmel fahren
Und unsern glantz vielmehr als auff der erd' erhöhn.

Christian Hölmann

Abbildungen der Schooss.
C.H.

DEr geist des alterthums schrieb den beschaumten wellen
Die künstliche Geburth der liebes=Göttin zu /
Und daß ein muschelhaus auf den gesaltznen stellen
So wohl zur überfuhr als ihrer ersten ruh
An statt der wiege sey damals bestimmt gewesen;
Allein so wurde da die wahrheit eingehüllt /
Wer ihre Perlen nun wolt' aus dem schlamme lesen
Der fand sie endlich zwar / doch frembde vorgebildt.
Zieht jenen vorhang weg und last die fabeln schweigen;
Was gilts die wahrheit wird / ja selbst der augen=schein
Euch den verdeckten grund der Sache besser zeigen /
Daß ich so Muschel / Meer als Welle müsse seyn.
In meinen gründen ist die liebe ja gebohren /
Ich bin ihr erster Sitz / ihr Stammhauß / Vaterland /
Mich hat zu dieser See selbst die natur erkohren /
An deren ufern sich das schöne Mädgen fand.
Ihr glieder möget nun vor mir die seegel streichen /
Weil ich die Götter selbst durch mich hervor gebracht /
Ihr selber müstet auch im Mutterleib' erbleichen /
Wenn nicht durch mich das Thor wär' in die welt gemacht.
Es füllet meine frucht den Himmel und die Erde /
Ich mache daß der bau der wundergrossen welt
Nicht vor der letzten zeit zu einer wüsten werde /
Die nichts als distel=sträuch und dörner in sich hält.
Ich bin das paradieß / vor dem die keuschheit wachet /
In dessen gegenden die lebens=früchte blühn /
Wo unser leben wird / wie feuer angefachet /
Dabey die Söhne sich / wie Adam / gerne mühn;

Ein Tempel / wo die glutt der liebe stündlich brennet;
Ein Opffertisch / wo milch zum opffer wird gebraucht;
Ein heiligthum / daß die vor Priester nur erkennet /
In deren keuscher brust ein reiner weyrauch raucht;
Ein gutes feld / das nur gerathne früchte bringet;
Ein garten / den der thau der wollust überfliest;
Ja der die anmuth hat die alle welt bezwinget /
Und dessen blumenfeld sein eigner fluß begiest.
Ein Meer wo Ebb' und Flutt dem Monden=lauffe gleichet;
Ein spiegel=glattes eiß / wo auch ein Riese fält;
Ein hafen / den vergnügt die Zuckerflott' erreichet;
Die Schule / die man nur vor junge Männer hält;
Der liebe musterplatz die mannschafft auszuüben;
Ein zwinger / welcher zu doch nicht verschlossen ist;
Die wahlstadt / wo auch wol ein Simson ist geblieben;
Das schützenhauß in dem ein jeder gerne schiest;
Ein Marckt / wo regungen durch blicke zu erlangen;
Ein wechseltisch der uns vor Jungfern / Frauen zahlt;
Ein laden / wo noch nie gebrauchte wahren hangen;
Ein thal / in welches nie das licht der Sonnen strahlt;
Ein bergwerck welches gold und silber=adern heget;
(Die wüntschelrutte schlägt offt allzu hefftig an)
Ein land / das unbesät auch keine früchte träget;
Ein abgrund / wo die welt die perlen fischen kan;
Der männer gröster schatz liegt offt in meinem fache /
Denn das behältnüß bin ich eigentlich dazu /
Drum hält die eifersucht bey mir so scharffe wache /
Damit demselbigen kein frembder eingriff thu.
Hier ist der bienenstock / wo aus der keuschen blume
Der lebens=honig wird zur rechten zeit gemacht;
Der himmel und die welt trägt den zum eigenthume
Wenn ich ihn an das licht / sein ziel davon gebracht.
Der liebe ruhestadt die liegt auff meinem grunde /
Ihr forst / in welchem sie die schönsten zobel jagt /
Die männer sind dabey die besten jäger=hunde /
Denn ihr verwegner geist ist immer unverzagt.

Wenn ich verschlossen bin / so geht die lust im leide /
Offt werden gar darum die länder ruinirt /
Und spinnen trauerflor an statt der weissen seide /
Weil meine muschel nicht den thron mit perlen ziehrt.
So kan der wohlstand sich auff meine pfeiler gründen /
Wer führt nun einen ruhm der meinen lorbern gleicht?
Bey euch / ihr brüste wird man diesen schwerlich finden /
Die ohnmacht hat euch nicht vergebens so gebleicht.
Nur eines ärgert mich daß auch die kinder wissen /
Was die erwachsenen in meinem garten thun /
Wie sie durch ihren thau mein blumenfeld begiessen /
Und mit der grösten lust auff diesem beete ruhn.
Ach könt' ich dieser brutt unnütze reden stillen!
Ein vorschlag fält mir bey: ich wil auf's ehst' einmal
Ihr ungewaschnes maul mit meinem wasser füllen /
Wer weiß? befrei' ich mich dadurch nicht dieser qual.
Doch meine blösse heist itzund mich stille schweigen /
Drumb hüll' ich wieder mich in meine decken ein /
Und wil nur noch mein thun dadurch gebilligt zeigen:
Wo blumen sollen blühn muß tau und regen seyn.

Heinrich Mühlpfort

H.M.

ASterie / ich bin gebunden /
Und zwar durch nichts als einen kuß /
Dein kuß der macht mir seelen=wunden /
So / daß ich tödtlich krancken muß.
Ich werd entzücket
Durch einen mund /
Und auch berücket /
Daß von der stund
Ich nicht gesund.

Entdecke mir doch / was das küssen
In seinem rechten ursprung sey;
Wenn sich die geister in sich schliessen
Durch so verliebte zauberey /
Und sich verschrencken
In schneller eil?
Wer kan gedencken /
Was vor ein theil
Der küsse pfeil?

Dein mund der ist mein wollust=keller /
Worinn sich offt berauscht die seel;
Ich achte nicht den muscateller /
Wann nur in der corallen=höl
Die seele weidet
Nebst deinem geist /
Der nicht eh' scheidet
Und von mir reist /
Biß ich gespeist.

Asterie / laß deine lippen
  Mir nur nicht harte felsen seyn;
Ein schiffer flieh't sonst hohe klippen /
  Bey dir lauff ich im hafen ein.
  Dein kuß der bleibet
    Mein lust=magnet /
  Zu dem mich treibet
    Die treu / so steht /
    Und nicht vergeht.

Hastu von mir was mehr empfunden /
  Als den verschrenckten lippen=rauch?
Hat lieb und treu ein garn gewunden /
  So schöner als der rosen=strauch;
  So magstu glauben /
    Daß ich kein schnee /
  Und daß mit schrauben
    Im hertzen steh
    Asterie.

Heinrich Mühlpfort

Auff die Brüste seiner Liebsten.

WElch warmer Schnee deckt diese Freuden=Hügel /
Du Marmel=Rund / der Venus glatter Spiegel /
  Kan hier mein Geist / mein schwacher Geist bestehn?
  Ach! nein / ich muß in heisser Glut vergehn.
Die Circkel hat die Anmuth selbst geschlossen.
Hier quillt der Strohm der Wollust ausgegossen /
  Ists möglich auch daß man Granaten=Blüth
  Auf solchen Schnee so hochgespitzet sieht?
O schönes Eiß! O Zunderreiche Funcken!
Ist wo die Hand gar allzufrech gesuncken /
  Verzeih / verzeih / O Göttin! denn ich weiß /
  Vor deinem Strahl zerschmiltzet hartes Eiß.
Ist das das Bett wo Lilgen und Narcissen /
Aus Nachbarschafft / sich Hertzverbündlich küssen /
  So wünsch ich nur ein Gärtner bloß zu seyn /
  Der es verwahrt für allem bösen Schein.
Schwellt Circkel schwellt in angenehme Runde /
Und seyd beküst von meinem blassen Munde /
  Glaubt / hat die Hand verwegen was gethan /
  Daß bey der Kost kein Mensch sich halten kan.

Heinrich Mühlpfort

An Melinden als Sie geschworen Sie wolte sich nicht weiter küssen lassen.

1.

ACh verstockte Seele!
Schau des Grabes=Höle /
 Nimmet mich noch an /
 Weil ich sonst nicht kan /
 Deiner Lust Gestalt /
 Süssen Aufenthalt /
Haben / eh ich werde kalt.

2.

Bist du denn von Steinen?
Daß dir nicht mein Weinen
 Rührt das harte Hertz /
 Labet dich der Schmertz?
 Der mein Leben drückt /
 Weil mir ist entrückt /
Was ich vor in Lieb erblickt.

3.

Soll ich deine Wangen /
Weiter nicht umfangen?
 Ist dein Rosenmund /
 Mir nicht mehr vergunt?
 Und hat Straff und Pein /
 Vor gewogen seyn /
Deinen Geist genommen ein?

4.

Eiserne Melinde,
Was ich jetzt empfinde /
 Vor gehäuffte Quahl /

Das weiß Berg und Thal /
Deiner Schönheit Zier /
Wecket auf in mir /
Täglich neue Liebs=Begier.

5.

Denck ich jener Stunden /
Da ich dich gefunden /
In den Schlaff gesetzt /
Wie werd ich ergötzt /
Als einen süsser Kuß /
Mich mit Überfluß /
Tränckte bey dem Ankunfftsgruß.

6.

Wie ich deine Brüste /
Höchst vergnüglich küste /
Wie ich liebes Kind /
Gantz auf dich entzündt
Aller Menschheit bloß /
Und von Sorgen loß /
Suchte deinen Anmuths=Schoß.

7.

O! der guldnen Zeiten /
Die mich da erfreuten /
O! der trüben Noth /
Die mich itzt macht todt /
Da ich weiter nicht /
Darff dein Angesicht
Ehren durch der Küsse Pflicht.

8.

Was wilstu dich schämen
Einen Kuß zu nehmen
Von dem jenen hin /
Dessen treuer Sinn /
Dir ja jederzeit /
In Verschwiegenheit /
Ist zu allem Dienst geweyht.

9.

Es soll niemand wissen /
Daß wir beyd uns küssen /
  Ausser ich und du /
  Sprich doch ja darzu /
  Und laß es geschehn /
  Daß mein sehnlich Flehn /
Mag ein gutes Ende sehn.

Otto Christoph Eltester

Die liebe steigt nicht über sich / sondern unter sich.
C.E.

DEin auge solte mir zum tempel neulich dienen /
  Allein der große brand that meiner seelen weh:
  Drum zog sie sich hinab zu deiner wollust see /
Und kühlte wieder sich mit nectar und rosinen.
Sie tranck und ward beräuscht aus deinen mund=rubinen /
  Und taumelte von dar auff deiner brüste schnee /
  Die zweyen bergen gleich / von wegen ihrer höh /
Am gipffel etwas roth / sonst gantz beeiset schienen.
  Doch / weil hier kälte war / sie aber nackt und bloß /
  So kroch sie endlich gar in deinen warmen schooß /
Da ward ihr allererst ihr lager angezeiget.
  Climene / zürne nicht. Sie folget der natur /
  Sie geht den regeln nach / und hält der liebe spur /
Die mehrmals unter sich / nicht aber auffwerts steiget.

C.S.L. [Ungelöste Initialen]

Schwangrer Jungfern Trost=Gedancken.

LAß / grosse Venus / dir ja nicht zu wider seyn /
Daß wir für dein altar mit schwerem fusse treten!
Wirff einen strahl auff uns von deiner gottheit schein /
Die wir in demuth itzt dich kommen anzubeten:
Nimm unsern ehren=krantz zu einem opffer an /
Laß dieses trauer=pfand an deinen wänden hangen /
Und so es ewig nicht erhalten werden kan /
So laß die asche nur in deinem tempel prangen
Es rühme Pallas sich mit ihrer jungferschafft /
So mag auch Vesta sich für allen männern wehren /
Diana fühle nicht der starcken liebe krafft;
Wir wollen insgesammt zu deiner fahne schwehren.
Wir bieten jenen auch mit ihrem wesen trutz /
Und wollen uns die zunfft der schwangern jungfern nennen.
Nimst du uns willig auff in deinen schirm und schutz /
So sucht das volck umsonst uns flecken anzubrennen.
Wir schätzen den verlust der jungferschafft nicht groß /
Und fühlen immer noch das angenehme jucken /
Als der beperlte thau in unsre muschel floß /
Und die sich öffnete denselben einzuschlucken.
Es war / als hätte sich uns Jupiter gezeigt /
Und wolte wiederum mit menschen liebe pflegen;
Als hätte sich zu uns der himmel selbst geneigt /
Und wolte sich hinfort auff unserm schooß bewegen.
Die lenden huben sich / da uns die lust empfing /
Als wenn der gantze leib gen himmel fliegen wolte /
So daß die seele fast uns mit zugleich entgieng /
Indem die jungferschafft den abschied nehmen solte.
Cupido hatte schon ein labsal zubereit /

Die geister wiederum vom schlaffe zu erwecken:
  Er kam uns höchst=erwünscht zu eben rechter zeit /
Und ließ uns Ambrosin aus rothen schaalen lecken.
  Drum achten wir nicht sehr der spötter grosse zahl /
Und lassen andere vor jungfern gerne lauffen /
  Ja wolten ungerühmt / wo möglich / tausendmahl
Um einen schnöden krantz dergleichen wollust kauffen.
  Wir fragen alle welt / was ist der jungfer=stand?
Was ist die jungferschafft? Ein buch / so nicht zu lesen /
  Ein schüler freyer kunst / ein bloßer wörter=tand /
Ein kind der phantasie / ein wesen ohne wesen.
  Nur das gehirne hegt und mehret diese zucht /
Ihr gantzes wesen stützt der pfeiler der gedancken /
  Warum? ist unbekandt. Gewiß daß ohne frucht
Man der natur hierdurch will schmälern ihre schrancken.
  Doch wird durch diesen wahn ein grosser theil bethört /
Und abgeschreckt von dem / was die natur wohl gönnte /
  Es würde gar um viel der menschen zahl vermehrt /
Wenn jede sonder schimpff nur mutter heissen könte.
  Es ist die jungferschafft / wer sie zu etwas macht /
Ein unvollkommner stand / gleich ungeförmter erden /
  Der zur vollkommenheit nicht eher wird gebracht /
Als biß wir mit der zeit aus jungfern frauen werden.
  Soll unser schloß gesperrt und stets geschlossen seyn;
Warum heist die natur uns nach dem schlüssel fragen?
  Soll sich in unser hertz der rost nicht fressen ein /
So muß auch selbiges von keiner fäule sagen.
  Der allgemeine trieb / der uns entbrennen heist /
Und nach dem männer=volck zu schauen uns verleitet /
  Der ist auch / der das öl in unsre lampen geust /
Und das geschmierte tacht ohn unsern fleiß bereitet.
  Es ist ein jungfer=leib / ein ungepflügtes land /
Drum kan es keine frucht in diesem stande bringen.
  Erst streut man saamen aus / denn wird die saat erkannt /
Und noch zuvor versucht der pflug das land zu zwingen.
  Wer über unser thun den urthel=stab zerbricht /

Der kan auch nicht zugleich das kloster=leben schelten /
Und wer den männer=stand verdammt und übel spricht /
Bey dem wird unser thun ohn zweiffel müssen gelten.
Doch wird uns diß vielleicht nur übel ausgelegt /
Daß wir den priester nicht / wie bräuchlich / ruffen lassen /
Daß wir kein gastgebot und keinen tantz gehegt /
Daß andre leute nicht von unsern gütern prassen.
Wer aber hat den brauch zum ersten eingeführt /
Daß man den priester reich / die gäste fröhlich machet /
Nein / nein / es wird die zeit itzt nicht darnach verspürt /
Und wer nicht sparen kan / der darbt und wird verlachet.
Daß wir uns aber nicht was besser fürgesehn /
Wird unter allen uns am meisten vorgerücket.
Was hilffts / man rede nur zum besten / weils geschehn /
Der vogel ist entwischt / die rosen sind gepflücket.
Wir haben sonderlich uns diesen trost erwehlt /
Daß keine darff noch mag von uns die erste heissen.
Wer hat die grosse zahl derjenigen gezehlt /
Die längst den krantz verschertzt / und doch als jungfern gleissen.
Was kaum der teuffel kan / das weiß ein altes weib /
Den grund=riß der natur durch säffte zu verderben /
Sie ordnet bäder an für den geschwollnen leib /
Und heisset die geburt vor ihrer bildung sterben.
Wär arge list und kunst nicht in der welt bekandt /
So liessen sich viel mehr in unsre rolle schreiben;
Und thäte nichts dabey des apotheckers hand /
Wo würden in der welt die jungfern endlich bleiben?
Die aber noch zur zeit als reine jungfern gehen /
Die haube doch verdient / die geben sich zu frieden /
Sie sollen oben an in unsrer rolle stehn /
Wo nicht ein altes weib ein anders weiß zu schmieden.
Des Pöfels urthel sey an seinen ort gestellt /
Wir dürffen gantz und gar uns nicht des urthels schämen.
Das mögen diese thun / die für den beyschlaff geld /
Die zinse vor die haut / und schändlich wucher nehmen.
Wir haben anders nicht / als ehrlich / nur geliebt /

Vielweniger den leib um schnöden sold verdungen;
Wer uns vor huren schilt / und böse titel giebt /
Dem sey der teuffel schaar auff seinen kopff gesungen.
Indessen kommen wir bald in die wochen ein /
Es mag uns / wer da will / das spiel vor übel halten;
Wir wollen tausendmahl viel lieber ammen seyn /
Als bey der jungferschafft verschrumpeln und veralten.

Verfasser unbekannt

Liebes=Gespräch.

Scelaten.

KOmm Chloris! komm! wie bleibst du bey den flüssen?
Wie hast du dir den schlechten ort erkiest?
Ich schaue zwar / daß ströme sich ergiessen /
Doch schau ich nicht / was für die Chloris ist.
Komm! suche auch / komm! suche glut und flammen /
Hier findest du was für die Chloris brennt.
Ich schwere dir / daß alles hier zusammen
Für einen gott den schönen leib erkennt.

Chloris.

Weg Scelaten! ich liebe dieses rauschen /
So dieser fluß mit seinen fluten macht.
Ich mag ihn nicht vor einen sinn vertauschen /
Der sonsten nichts / als mund und augen / acht.
Ich bleibe hier befreyt von einem feuer /
So uns verzehrt und unsre sinnen kränckt;
Dein lieben ist mir warlich allzutheuer /
Die freyheit wird so leichtlich nicht verschenckt.

Scelaten.

Bleib schöner leib / laß die gewölbten brüste
Und deinen mund bestreichen lufft und wind.
Ach! bleibe nur in dieser öden wüste /
Wo laub und graß dir zu gespielen sind.
Laß beine brust bey stock und stein veralten /
Und drücke hier die klaren augen zu.
Laß deine brust wie eiß und schnee erkalten /
Wenn eiß und schnee nicht wärmer sind als du.

Chloris.

Laß meinen mund und meine brüste fahren /
Ich weiß es wohl / daß beydes mit der zeit /
Und wohl vielleicht nach etlich wenig jahren
Wie laub und graß wird werden abgemeyt;
Diß alles soll die Chloris nicht bewegen
Zu folgen dem / was der und jener will:
Du bringst mich nicht von diesen keuschen stegen /
Ich habe mir gesetzt ein ander ziel.

Scelaten.

Du solt mein ziel noch diese stunde wissen /
Und was mein sinn vor einen zweck erkennt:
Ein küßgen muß ich diesen tag geniessen /
Zum zeichen / daß mein treues hertze brennt.
Bleib hier / bleib hier! itzt hab ich dich gefangen /
Reiß wie du wilst / du trennst das hertze nicht.
Mein arm umzirckt der lenden schönstes prangen /
Und dieser mund deckt deiner augen licht.

Chloris.

Du hast den leib / doch warlich nicht die sinnen /
Die bleiben stets auff ihrer alten bahn:
Drum ändre dich / und ändre dein beginnen /
Dis / was du denckst / ist mir ein falscher wahn.
Mein mund ist weich / mein hertz ist stahl und eisen;
Die stirne brennt / die sinnen nimmermehr.
Ich kan dir nicht so hohe gunst beweisen /
Du fängst mich nicht / und jagstu noch so sehr.

Scelaten.

Es muß mein mund der Chloris lippen küssen /
Die / wie mich deucht / von rosen trächtig sind.
Laß deine brunst auff meine zunge fliessen /
Und liebe mich / die keuschheit ist ein wind;
Ein gauckel=werck / so alle Lust verrücket /

Ein falsche dunst / die alles trübe macht.
Der liebet recht / der fleischlich sich erquicket /
Und in dem schooß des geilen bulen lacht.

Chloris.

Ich lache zwar / doch nur mit falschem munde:
Der himmel wird der seelen zeuge seyn.
Was soll was thun? indem die böse stunde
Uns endlich reist den edlen vorsatz ein.
Komm küsse mich / so küß ich denn dich wieder /
Was hilfft uns denn zu bleiben stock und stein?
Auff Scelaten / der purpur meiner glieder
Soll diesen tag zu deinen diensten seyn.

Scelaten.

Du redest recht / die brunst erfüllt die hertzen /
Und zündet uns die geilen glieder an;
Itzt endet sich die hoffnung mit den schmertzen /
Der bleibe keusch / der nicht mehr lieben kan.
Ihr edles paar / ihr alabaster hügel /
Kommt / füllet mir die euch geweyhte hand!
Genung / genung / itzt fallen zaum und zügel /
Die liebe sucht ein edler unterpfand.

Chloris.

Was schertzestu? Hier schauest du die brüste /
Die Venus ihr zum zunder hat gemacht.
Hier findest du das paradieß der lüste /
Und was die brunst zu ihrer wohnung macht.
Verübe diß an mir / was dir die zeit befiehlet /
Cupido fragt: ist denn noch nichts gethan?
Der wind der itzt mit meinen haaren spielet /
Lockt mich und dich zu dieser kurtzweil an.

Scelaten.

Komm! schöner leib / vergönne meinen armen
Die stellung dir zu weisen / wie man muß
In geiler lust erliegen und erwarmen;
Denn dieses ist gewiß dein erster kuß.
Gedult! gedult! laß durch ein süsses küssen
Den honigseim / den Venus selbst gemacht /
Doch unbeschwert umb deine lippen fliessen /
Da wo die lust mit hellen augen wacht.

Chloris.

Itzt liegen wir / und seuffzen bey dem lachen /
Und sehnen uns nach einer sanfften flut /
Das ende wird des leibes ohnmacht machen /
Itzt währet noch die angelegte glut.
Halt an! halt an! wir müssen nicht erliegen /
Es zieht die lust noch bey uns aus und ein.
Doch trachten wir / daß keiner in der wiegen
Der edlen that verräther möge seyn.

Verfasser unbekannt

Lust=Gespräch zweyer hertzlich=verliebten Personen / vorgestellet unter einem Schäffer und Schäfferin / Thyrsis und Psyche genannt.

Thyrsis.

KEnnt Psyche diese brunst / und weiß mein treues lieben /
Warumb wird Thyrsis dann zu keiner zeit vergnügt?
Warumb will man die lust ihm weiter noch verschieben?
Die lust / durch welche man der liebe brunst besiegt.
Denck Psyche / daß dir diß nicht wird zum ruhm gereichen /
Daß du verliebet machst / und steckest feuer an /
So du nicht löschen wilst. Laß dich mein kind erweichen /
Schenck mir die süsse schooß / die mich ergetzen kan.

Psyche.

Mein Thyrsis / deine brunst ist gar zu sehr entzündet /
Ich seh die flamme wohl / und deiner liebe glut /
Und wie du nur auff mich dein hoffen hast gegründet /
Doch glaube mir / du eilst mit gar zu schnellem muth.
Geh in dich selbst hinein / und überleg es eben /
Erndt auch der ackersmann wohl ehr den weitzen ein?
Und pflegt der wintzer auch den wein wohl ehr zu heben /
Bevor sie beyderseits bemüht gewesen seyn?
Zwar weiß ich / daß du mich / mein Thyrsis / stets geliebet /
Dein blick hat iederzeit mir deine gunst gezeigt.
Dein geist hat sich mit mir erfreut und auch betrübet /
Ich müste steinern seyn / wär ich dir nicht geneigt.
Ich sag es noch nicht all; Ich bin dir zwar gewogen /
Doch hat dein edler sinn mich auch verliebt gemacht.
Ich hab aus deinem mund die liebe selbst gesogen /
Als Amor dich zu erst mir zu gesichte bracht.
Diß alles reitzt mich zwar / dein bitten zu vergnügen /

Doch hält mich anderseits die furcht und hoffnung ab;
Der lüste blauer dunst / der soll mich nicht betriegen /
Weil ich die tugend mir zum zweck gesetzet hab.

Thyrsis.

Was hilfft michs / daß dein mund so viel von lieben saget /
Ja daß er eitel treu und glauben mir verspricht?
Wenn du / so offt ich dich nur um ein ja gefraget /
Mir den bescheid ertheilst: Ich will und thu es nicht.
Die that die ist gewiß zu schlimm sie zu beschönen /
Auch kan der grausamkeit so gar kein deckel seyn;
Was du hier suchst von furcht und hoffnung zu erwehnen /
Sind nur gefärbte wort / und nichts als leerer schein.
Denn ist dein geist mit mir in einigkeit verbunden /
So sey im hoffen auch bey uns kein unterscheid;
Nun hab ich in der that / ihr weiber / wahr befunden /
Daß ihr in worten so / und so im hertzen seyd.
Ja / woltest du dich nur recht in die liebe finden /
So würdest du alsdenn in keiner furcht mehr stehn.
Wer liebt / der kan die furcht und hoffnung überwinden /
Und mitten in gefahr mehr als zu sicher gehn.
Wir wolten unsrer lust in lieb und ruh geniessen /
Es solte keiner nicht ein wörtgen sagen nach;
Wer würde wohl von uns und unsrer liebe wissen /
Wenn wir alleine seyn bey jener stillen bach?
Bey jener stillen bach / da unsre heerde weidet /
Und keinem / ausser uns / zu hüten ist vergunt;
Da sich das bunte feld von grünen büschen scheidet /
Wenn Tellus tritt hervor mit dem belaubten mund.
Wohlan! so reiche mir den nectar deiner brüste /
Und schencke mir die lust mit vollem masse ein.
Laß diesen ort / da ich zum ersten mahl dich küßte /
Auch itzo von genieß der liebe zeuge seyn.

Psyche.

Halt ein / was pfleget nicht die frucht so fort zu brechen /
Zu der uns nur gelüst. Wenn eine geile hand
Die rosen rauben will / so pflegt der dorn zu stechen /
Darumb wenn Thyrsis liebt / so lieb er mit verstand.
Er leite seinen sinn auff züchtige gedancken /
Und trete freche lust mit füssen unter sich;
Er lasse seinen schritt nicht von der tugend wancken /
Und kämpffe seinen kampff im lieben ritterlich.
Wir sind bey weitem nicht schon aller furcht entbunden /
Das glück ist ungewiß / es fehlt noch viel daran.
Ob du / mein Thyrsis / gleich ein mittel hast erfunden /
Daß unsre heimligkeit kein mensch ergründen kan.
Zwar ist die rechte thür zu unserm vortheil offen /
Doch stehet uns zur zeit nicht eben alles frey;
Was du bereits begehrt / must du als künfftig hoffen /
Die lust / wenn sie zu früh / gebiehret späte reu.
Wir wollen unterdeß hieran vergnüget leben /
Was uns der stille ort und unsre zucht vergünnt.
Ich will dir mund und hertz / und tausend küsse geben /
Du solst mein engel seyn / mein schatz / mein liebstes kind.
Was über dieses ist / das halt ich fest verschlossen /
Es ist von glaß gemacht / rührt mans / so bricht es bald;
Nur wir sind übel dran / ihr / wenn ihr es genossen /
Geht eurer wege fort / uns macht der kummer alt.
Denn schläget über uns angst / noth und furcht zusammen /
Ein ieder lacht uns aus / wir werden kinder=spott /
Es zeiget ieder stein von unsern geilen flammen /
Wir gehn mit schmach einher / und sind lebendig tod.
Drumb wenn du mich mit ernst und rechter treue meynest /
So schaue / daß dein wunsch mir auch nicht schädlich sey /
Und bist du in der that / wie du von aussen scheinest /
So bin ich des gewiß / und alles zweiffels frey.

Thyrsis.

Wenn deinen klugen geist und hochbegabte sinnen /
(Als welchen es an witz und tugend nicht gebricht)
Ich nicht schon längst erkannt von aussen und von innen /
So würd ein hartes wort dir itzt seyn zugericht.
Ich würd ein gantzes lied von deiner falschheit singen /
Und wie dein kaltes hertz mit mißtraun angefüllt /
Ach unbewegliche! mich suchet umbzubringen /
Indem dein hartseyn mich mit trauer=flor umhüllt.
Denn würd ich ungescheut dir unter augen sagen:
Kanst du mit meinem tod denn nicht zu frieden seyn?
Must du mich noch zuvor mit tausend martern plagen?
Eh in dem grabe mich dein grimm gesencket ein.
Soll denn mein treues hertz und ungefärbtes lieben /
Das die beständigkeit als meisterin regiert /
Durch deinen argwohns=wind stets werden umgetrieben /
Bevor du weder fleck noch fehl an mir verspürt?
Wohlan! so will ich gern mit meinem tod bezeugen /
Daß du / o grausame! mir weit zu viel gethan;
Doch soll sich auch dein ruhm zugleich zur erden beugen /
Wenn man die ursach wird des todes sehen an.
So würd ich ohngefehr dich angeredet haben /
Wenn mir nicht deine treu und neigung wäre kund;
Nun aber seh ich mehr auff deiner klugheit gaben /
Und trau dem hertze zwar / nicht aber deinem mund.
Dein hertze lässet dich nicht argwohn auff mich tragen /
(Wiewohl dein mund von nichts als furcht und zweiffel spricht)
Und was du pflegst von uns und unsrer list zu sagen /
Das / wie ich sicher weiß / ist nicht auff mich gericht.
Die liebe die mich hin zu deinen füssen leget /
Ist nicht von gestern her / ich hasse solchen brand /
Der sich in unsrer brust von ohngefehr erreget /
Und also fort verlescht / fast eh wir ihn erkannt.
Zwar als ich deine zier und dich zum ersten sahe /
Empfand ich alsofort von oben einen zug;
Es war was seltenes / das damahls mir geschahe /

Doch war bey weitem es zur liebe nicht genug.
Ich fieng nur nach der hand und mehlich an zu brennen /
Biß endlich mit der zeit mein feu'r zum stande kam.
Drum wird man künfftig auch mein lieben ewig nennen /
Weil es durch lange zeit recht wurtzeln an sich nahm.
Ich kan dich nun nicht mehr / als du besorgst / verlassen;
Ich habe / Psyche / dich mir zu gewiß erkiest.
Ich bin dir ewig hold / ich kan dich nimmer hassen /
Weil du mein auffenthalt und mein vergnügen bist /
Laß du nur einen blick auff meine scheitel schiessen /
Und dencke: Thyrsis ist es endlich noch wohl werth.
Man laß ihn / was er längst so sehnlich hofft / geniessen /
Die braut bleibt billig dem / der treulich liebt / beschehrt.

Psyche.

Ists mit dir so bewandt / und wilt du's also haben?
Das hätt ich nicht gedacht! Nein / Thyrsis ist kein kind;
Er ist bereits zu klug / und hat zu freye gaben /
Dergleichen einer nur bey frommen kindern findt.
Er kan von seiner lieb / ein hauffen worte machen /
Ich muß ihm endlich doch nur zu gefallen seyn /
Und glauben seinem mund und allen seinen sachen.
Wie schleicht so unvermerckt die liebe bey mir ein?
Doch will ich dieses noch hiermit voraus bedingen /
Daß er nur mir allein hinfort ergeben sey /
Und sich bemüh / dahin die meinigen zu bringen /
Daß sie mich ehelich ihm künfftig legen bey.

Thyrsis.

Mein thun ist dein befehl / dein wollen mein vergnügen;
Ich ehre deinen spruch / und deine treffligkeit.
Wer wolte sich wohl nicht für einer göttin schmiegen /
Die so gar gütig sich zu unsrer hülff erbeut?
Sagt mir / ihr Najaden / was hier für götter wohnen?
Ich seh ein götter=bild / und weiß nicht wie es heißt:
Es scheint / es habe sich / mein lieben zu belohnen /

Die Venus selbst versteckt in Psychens edlen geist.
Ich glaube / dieser ort und lustige gestaden /
Die ziehen gar vielleicht die götter zu sich her;
Pflegt sich die Venus auch bißweilen hier zu baden?
Vielleicht ist euer bach ihr lieber als das meer.
Ich bleibe noch dabey / ich muß dich göttlich nennen /
Dein auge bildet mir die Juno selbsten vor.
Es möchte Jupiter vor deiner liebe brennen /
So hoch schwingt / Psyche / sich dein edler glantz empor.
Die wollen=weiche hand / und deren zarte finger /
Die geben nichts nicht nach Minerven ihrer zier;
Der weissen brüste paar / die allerliebsten dinger /
Derselben schönheit geht weit Aphroditens für.
Dein wohlgesetzter fuß / und rund=gewölbte waden /
Die zeigen einen schnee / der unsre seel erqvickt /
Dergleichen Thetis auch / wenn sie sich pflegt zu baden /
Bald aus der see erhebt / halb wieder unterdrückt.
Wie glücklich mag der seyn / der deine schönheit schauet?
Wie selig aber der / so deine rechte küßt?
Ja welcher seine lust auff deinen brüsten bauet /
Da gläub ich / daß gewiß derselb halb göttlich ist.
Ach solte sich mein fuß mit deinen schenckeln paaren /
Und liessest du / mein kind / mich völlig zu dir ein?
Was meynst du / würde mir alsdann wohl wiederfahren?
Ich würde gar vielleicht mehr als unsterblich seyn.

Psyche.

Ich geh in einem meer / das voll verwunderns / unter /
Vor sachen / die ich nicht versteh / erstarr ich recht;
Bald komm ich aus mir selbst / bald werd ich wieder munter /
Weil kein geborgtes lob mir meine sinnen schwächt.
Wie ist es? sucht dein mund mich etwan zu bethören?
Weil er ein iedes wort mit schmeichel=farbe ziert.
Sag an / was ist es denn? ich muß es endlich hören;
Denn wer zuvor nicht beicht / der wird nicht absolvirt.

Thyrsis.

Komm / meine schöne / komm! Hier unter diesen fichten /
Das / was ich sagen will / geht mich und dich nur an.

Psyche.

Was wilt du da mit mir / du loser schalck / verrichten?
Ich weiß nicht / ob ich dir so leichtlich trauen kan.

Thyrsis.

Komm nur / du wirst es ja schon selbst bey zeiten sehen /
Und fürchte dich vor nichts / dieweil ich bey dir bin.

Psyche.

Ja eben fürcht ich mich vor dir mit dir zu gehen.
Doch mag es seyn gewagt. Ich folge deinem sinn.

Thyrsis.

Mein / setze dich zu mir hier unter diesen eichen /
Wo uns die Flora selbst ein buntes küssen schenckt.

Psyche.

Was nimmst du kühner vor? was suchst du zu erschleichen?
Daß unter meinen rock sich deine rechte senckt.

Thyrsis.

Es kam von ohngefehr / und hat nichts zu bedeuten /
Hat doch ein bräutgam diß der braut wohl eh' gethan.

Psyche.

Ich bin zu jung dazu / drum lauff ich weg bey zeiten.
Nein / freund! es geht bey mir dergleichen ding nicht an.

Thyrsis.

Fleuch nicht / du möchtest sonst die götter zornig machen.
Es ist Cupido selbst und Venus mit im spiel.

Psyche.

Die götter kenn ich nicht / ich muß nur ihrer lachen /
Die mutter und der sohn die thun mir gleiche viel.

Thyrsis.

Wohlan! so lerne sie anitzo denn erkennen.
Es lebt und liebt die welt allein durch ihre gunst.

Psyche.

Doch sorg ich / möchten sie mich gantz und gar verbrennen /
Man sagt / ihr wesen sey ein feur / ihr arbeit brunst.

Thyrsis.

Diß feuer zündet an die angenehmen flammen /
Durch welche sich bey uns ein neuer Phönix zeigt.

Psyche.

Laß mich / wir kommen sonst noch wohl einmahl zusammen /
Schau wie sich allbereit der tag zum ende neigt.

Thyrsis.

Itzt gehet Phöbus hin / der see sich zu vermählen /
Die beste buhler=zeit ist / wenn der tag gebricht.

Psyche.

Du magst nach deiner art die zeit und stunden zehlen /
Ich hab hier nichts zu thun / von bulen weiß ich nicht.

Thyrsis.

Das / was du nicht verstehst / kanst du von mir itzt lernen.
(Verleihe Venus mir von oben deine krafft!)

Psyche.

Ihr götter steht mir bey / ach helfft ihr güldne sternen!
Wo nicht / so ists geschehn mit meiner jungferschafft.

Thyrsis.

Nach deiner jungferschafft wird Jupiter nichts fragen.
Aus jungfern hat er selbst offt manche frau gemacht.

Psyche.

Wenn Jupiter nicht hört / will ichs den andern klagen:
Diana rette das / was ich dir zugedacht.

Thyrsis.

Ach lerne dich / mein kind / nur in die weise schicken /
Dein ruffen ist zu spät / die göttin hört dich nicht.

Psyche.

Dieweil es mir denn nicht will wider dich gelücken /
Wohlan! so sey mein sinn zu deiner lust gericht.

Thyrsis.

Ich gebe dir dafür mein haus und hoff zu lohne /
Hilff nur / daß unsre lust anitzt vollkommen sey.

Psyche.

Mich deucht es ist genung zu einem jungen sohne.
Hör auff! du legest mir zu grosse schmertzen bey.

Thyrsis.

Die schmertzen tödten nicht / sie sind zu überwinden /
So offt man weiber macht / so thuts den jungfern weh.

Psyche.

Laß ab / mein liebster schatz / dich gar zu tieff zu gründen /
Auff daß mein leben nicht mit deiner lust vergeh.

Thyrsis.

Verzeih / es wird sich itzt der süsse thau ergiessen /
Ich mercke / wie die lust zu meinen adern dringt.

Psyche.

Und ich fühl honigseim in meinem busen fliessen /
Die wollust macht mich satt - - -

Thyrsis.

- - - Mich hat sie schon umringt.
Ach schatz! ach! ach! - -

Psyche.

- - Mein kind! ach liebster! ach mein leben!
Ist das nicht zucker=lust? - -

Thyrsis.

- - - Ach ich bin gantz entzückt!

Psyche.

O süsser lebens=thau! den mir mein schatz gegeben.

Thyrsis.

O süsser lebens=quell / wie hast du mich erquickt!

Psyche.

Es ist mir meine brust vor wollust auffgequollen /
Die hügel hüpffen mir vor freuden noch empor.

Thyrsis.

Mein gantzer leib der ist von vieler brunst zerschwollen.
Nachdem mir deine gunst geöffnet hat das thor.

Psyche.

So hast du Thyrsis doch noch über mich gesieget /
Dieweil in meiner schooß dein sieges=zeichen steckt.

Thyrsis.

Den sieg hat dir vielmehr der himmel zugefüget /
Der mich für deine knie gefangen hingestreckt.

Psyche.

Diana zürne nicht / daß ich mit Amors waffen /
Als andre krafft gebrach / zu felde gangen bin.

Thyrsis.

Wenn gleich Diana zörnt / kan Venus doch verschaffen /
Daß dir nicht schädlich sey ihr hart erboster sinn.

Psyche.

Auff! auff! wir müssen fort / es rauscht dort bey den bächen /
Wer weiß was jener baum für einen schleicher hegt?

Thyrsis.

Die fichten wollen sich von unsrer lust besprechen /
Weil sie der kühle west durch seine macht bewegt.

Psyche.

Ich muß nun wieder hin zu unsern schafen eilen /
Die Phyllis rufft mich selbst / leb wohl / o meine zier!

Thyrsis.

Dieweil du denn allhier nicht länger kanst verweilen /
So nimm vor dieses mahl den letzten kuß von mir.

Psyche.

Ich muß dem leibe nach dir itzt zwar abschied geben /
Doch mein verliebter geist wird allzeit bey dir seyn.

Thyrsis.

Leb wohl / und liebe wohl / und leide wohl / mein leben!
Und dencke: Treue lieb ist nimmer ohne pein.

Daniel Casper von Lohenstein

Agrippina
Trauerspiel
1665

Die dritte Abhandlung.

(...)

Der Schauplatz verändert sich in des Käysers Schlaff=Gemach.

Agrippina. Nero.

Agrip.
Mein Kind / mein süsses Licht / was hällt'stu länger mir
Der halb geschmeckten Lust mehr reiffe Früchte für?
Die Libe die sich noch läß't in den Augen wigen /
Lä'ßt sich mit lauer Milch der Küsse zwar vergnügen:
Wenn aber schon diß Kind biß zu der Seele wächs't /
So siht man: Daß sein Durst nach stärckerm Nectar lächs't.
Mein Schatz / es sätig't nicht des Küssens reitzend Kosen.
Die Purpur=Lippen sind die rechten Zukker=Rosen /
Darunter stets die Zung' als eine Natter wach't /
Biß uns ihr züngelnd Stich hat Brand und Gifft beybracht /
Den nur der glatte Schnee der Schooß weiß abzukühlen.
Warumb denn lissestu mich deinen Liebreitz fühlen /
Wenn du dein Labsal mir zeuchst für dem Munde weg?
Ach! so erkwick' uns doch der Libe letzter Zweck!
Die Anmuth ladet uns selbst auf diß Purper=bette.

Nero.
Ja / Mutter / wenn mich nicht die Schooß getragen hätte.

Agrip.
Die Brüste / die du oft geküß't hast / säugten dich:

Was hat nun Brust und Schoos für Unterscheid in sich?

Nero.
Es hält uns die Natur selbst bey dem letzten wieder.

Agrip.
Wirf / was die Freyheit hemm't / der Thorheit Kap=zaum nider /
Der für den Pösel [!] nur / für Sclaven ist erdacht.
Wenn der Begierden Pferd und Bügel=loß gemacht /
So muß ihm die Vernunfft den Zügel lassen schüßen /
Biß sich's nach Müdigkeit selbst wider ein läß't schlüßen /
Wenn es nicht stürtzen sol.

Nero.
Man sorge / wenn es spring't:
Daß uns der Wille nicht einst aus dem Bügel bring't.
Denn sol man allererst den Zügel ihm enthengen /
Kan's über Stock und Stein uns leicht in Abgrund sprengen.

Agrip.
Was für ein Abgrund kan hier wol befürchtet seyn?

Nero.
Die Sünde.

Agrip.
Bilde dir solch alber Ding nicht ein.
Wer unter Satzung leb't / kan nur Verbrechen üben.
Wer aber hat Gesätz' je Fürsten vorgeschriben?

Nero.
Mein't sie: Daß Göttern nicht die Sünde mißgefällt?

Agrip.
Im Himmel herrschet Gott / der Käyser auf der Welt.

Nero.
Hier dämpf't selbst die Natur Scham=röthend die Begierde.

Agrip.
Nein! Ihr Magnet zeucht sich zum Nord=stern reiner Zierde.

Nero.
Absteigendes Geblütt' ist über'n Mittags=Kreiß /
Darüber kein Magnet von ein'ger Würckung weiß.

Agrip.
Der Liebe mehr denn viel / die ihre Flammen sämen
In alle Seelen kan. Sol sich die Mutter schämen
Zu liben ihren Sohn? Die mit der Milch ihm flöß't
Die Libes=Ader ein. Der Unhold Gift=Maul stöß't
So herbe Schleen aus / und sucht die Libes=Kwällen /
Die in der Kinder Hertz' entspringen / zu vergällen.
Wer sol die Mutter=Brust mehr liben / als ihr Kind?

Nero.
Ja / aber daß darzu nicht gifft'ge Wollust rinn't.

Agrip.
Wo Libes=Sonnen steh'n folg't auch der Wollust Schatten.

Nero.
Pfleg't doch der Storch sich mit der Mutter nicht zu gatten.

Agrip.
Einfält'ger! Wer gib't dir so alb're Fabeln ein?
Worwider Stern und Welt selbst müssen Zeugen seyn.
Wir müssen die Natur der Dinge Zirckel nennen.
Denn würde nicht ihr Lauff zu seinem Uhrsprung rennen /
So würd' ihr Uhrwerck bald verwirr't und stille steh'n.
Des Himmels Umb=trieb muß nach Osten widergeh'n /
Wo sein Bewegungs=Kreiß den Uhrsprung hat genommen.

Der Frühling muß zum Lentz / der Fluß zum Kwälle kommen.
Die Sonne rennet stets der Morgen=röthe nach /
Und ihrer Mutter Schoos ist auch ihr Schlaf=Gemach.
Warumb sol denn diß Thun als Unthat seyn verfluchet /
Wenn ein holdreicher Sohn die Schoos der Mutter suchet?
Den Brunnen der Geburth? Da er der Libe Frucht
Und die Erneuerung des matten Lebens such't.

Nero.
Es läß't hierinnen sich aus Gleichnüssen nicht schlüssen.

Agrip.
Der Käyser mach't ihm nur ein allzu zart Gewissen /
Und läß't sich binden diß / was ihn nicht binden kan.
Ward ein Gesätze doch auch damals abgethan /
Als Claudius mit uns vermählet wolte leben.
Warumb kan Nero denn nicht auch Gesätz' aufheben?

Nero.
Von's Brudern Tochter schick't zur Mutter sich kein Schluß.

Agrip.
Ist ichtwas / daß sich nicht den Fürsten schicken muß?
Zu dem / wird denn von uns / was unerhört / begehret.
Hat Macareus nicht der Canacen gewehret /
Was er auf so viel Thrän' und Säufzen uns nicht gib't.
Als sich Antiochus in's Vatern Frau verlib't /
Hat ihm Seleucus stracks die Mutter abgetretten.

Nero.
Kan frembder Irrthum uns von dem Verbrechen retten?

Agrip.
Der Persen Recht läß't zu: daß eine Mutter sich
In's Sohnes Bette lägt. Und du besorgest dich:
Daß / was den Pöfel nicht bestrickt / uns Fürsten binde.

Nero.
Viel / was der Perse lob't / ist bey den Römern Sünde.

Agrip.
Gesätzt: Daß unsre Lieb' je ein Verbrechen sey;
Gesätzt: Daß Müttern nicht was Frembden stehe frey /
So dencke: Daß wir ja hier nicht aus Vorsatz irren.
Sol sich der Vogel nicht in's Netze lassen kirren /
So pflantz' ihm die Natur nicht das Gelüsten ein;
So tilge sie den Baum / wo schöne Beeren seyn.
Wenn in den Augen schon der Schönheit Schwefel stecket /
Wird in dem Hertzen leicht ein solcher Brand erwecket /
Der nicht zu leschen ist / biß Licht und Tacht entgeh't /
Und der Vernunfft Gesicht' in vollem Rauche steh't.
Sol der nun strafbar seyn / der nicht durch Nebel sihet?
Der sich nicht leschen kan / wie sehr er sich bemühet?
Erwege doch mein Kind: Man nimm't geweyhtes Brodt
Zuläßlich vom Altar bey ärgster Hungers=Noth:
Ich aber / die ich doch der Brunn bin deines Lebens /
Bitt' umb die Nahrungs=Milch der Libe so vergebens.
Werd' also nur für Brunst erdürstende vergeh'n /
Wo tausend Kwällen doch beliebten Nectars steh'n.

Nero.
Kan wol ein Mutter=Hertz empfinden solche Schmertzen?

Agrip.
Ich libe dich mit mehr als Mütterlichem Hertzen.
Ich nehme nun nicht mehr den Nahmen Mutter an /
Weil keine Mutter doch so hefftig liben kan.
Er zittert / er erblaß't / ihm beben alle Glieder /
Itzt säuftz't / itzt lächelt er; itzt komm't die Farbe wider!
Ich merck' es: Agrippin' ist allzu zaghaft noch.
Wo Worte Kraft=loß sind / da fruchten Wercke doch.
Ich falle dir zu Fuß' / ich küsse Knie und Hände.

Mein Kind / erbarm dich doch / und kühle Brunst und Brände?
Wie? oder muß ich gar in Asche seyn verkehr't /
In dem dein Hertze Schnee / dein Antlitz Feuer nehr't?
Schau / wie der Seele Dampf in Thränen schon zerflüße?
Die Lippe schwitzet Oel und Balsam heisser Küsse!
Die rothe Flamme krön't der Brust geschwellte See;
Und Nerons Leib bleib't Eiß / und Nerons Hertz' ist Schnee?
Mein Licht / komm lasse doch aus diesen Marmel=Brüsten /
So wie vor Milch / itzt Oel zu säugen dich gelüsten:
Schmeck' / ob hier nicht was mehr als Milch für Kinder rinn't;
Weil diese Berge doch der Richt=platz Ida sind /
Da Hoheit und Verstand von Schönheit wird besiget.
Komm schmeck': ob man hier nicht mehr güldner Aepffel kriget /
Als wol Granaten sind. Der Garten einer Schooß
Ist schöner / als wormit sich Hesperis macht groß.
Die Frucht / die hier wird reif / ist Himmel=Brod der Erden
Ist Nectar aller Welt.

Nero.

Wer hier nicht lüstern werden /
Wer hier nicht naschen wil / muß ein entseelter Stein /
Nicht Agrippinens Kind / nicht ihr Geblütte seyn.
Komm / Mutter / labe mich mit deinen Mund=Corallen /
Wo mein verlibter Geist nicht sol in Ohnmacht fallen!
Ich brenn' / ihr Brüst' / ich brenn' / itzt hab ich erst geschmeck't:
Daß in dem Schneegebirg' ein feurig Etna steck't.
Mein Licht / so lasse nun mit kühlen Anmuths=Wellen
Dis Alabaster=Meer sich gegen mir aufschwellen /
Darinnen sich der Brand der Seele leschen kan;
Entblöß' - - - - -

Daniel Casper von Lohenstein

Sieges=Krantz / der auf dem Schau=Platze der Liebe streitenden Röthe.

Die Farben.

DIe Mutter süsser Lust / die Schwester zarter Hertzen /
Das Kind der heissen Brunst die Liebe mißt' ihr bey:
Sie habe vorgeliehn zu Farben ihre Kertzen /
Zum Pinsel ihren Pfeil der schönen Mahlerey /
Ja / was den Glantz uns schein't des Ruhmes gar zu schwärtzen;
Daß Sie Erfinderin der ersten Bildung sey;
Wir Mahlwerck der Natur wir Farben aber schlüssen:
Die Liebe werde selbst uns Mutter nennen müssen.

Schwartz.

Ja / Schwestern / unser Glantz führt in sich Anmuths=Kwällen /
Nehrt Zunder reiner Brunst / hat Oele süsser Glutt.
Doch können wir uns nicht in gleichen Reyen stellen.
Der steht der Vorzug zu / die gröste Wunder thut.
Welch Richter soll nun nicht für mich sein Urtheil fällen?
Mein Strahl zermalmet Ertzt / mach't brennend Eiß und Flutt.
Wenn kalte Seelen soll'n der Liebe Würckung fühlen /
Muß mein Lieb=äugelnd Blitz aus meinen Wolcken spielen.

Weiß.

Kein düstrer Schatten gleicht sich hellen Sonnen=Strahlen.
Mein Glantz tilg't deinen Dunst / mein Schimmer deine Nacht.
Der schöne Himmel muß mit meinem Silber pralen.
Schau: wie die weisse See mit meinen Perlen lacht!
Narciß und Lilge muß die Schoos der Erde mahlen.

Was schön ist in der Welt / wird weiß ans Licht gebracht.
Aus der verspritzten Milch der Juno musten werden
Die Milch=Straß im Gestirn' / und Lilgen auf der Erden.

Roth.

Geb't / Schwestern / mir den Preiß im holden Liebes=Kriege.
Der Liebe Glutt läßt sich in Schnee nicht hüllen ein.
Die Purpur=Muschel war der Venus erste Wiege.
Cupido muß gesäugt mit rothen Flammen seyn.
Selbst die Natur steck't aus Merckmahle meiner Siege;
Des Himmels Garten blüm't der Sternen rother Schein.
Mit Rosen prang't die Welt / das Wasser mit Corallen /
Wenn alle drey verlieb't einander woll'n gefallen.

Schwartz.

Recht! wenn der Himmel itzt die holde Schoos der Erden
Mit tausend Augen blickt mehr als ein Argos an;
So muß ihr Bild bebräun't von meinem Schatten werden.
Man schätzt für bundtem hoch den schwartzen Tulipan.
Die Sonne selbst mahl't schwartz durch Schweiß von ihren Pferden;
Sag't: Ob der schöne Mohnd' am Tage schön seyn kan?
Ja meine Schwärtze muß zu Glantz und Folgen dienen /
Dem edlen Diamant / den brennenden Rubinen.

Weiß.

Die Augen dieser Welt des Himmels grosse Sternen
Sind bey verklärter Lufft mit Silber angeleg't.
Man muß / was schöner ist / aus greulicherm erlernen /
Nebst Glase wird erst recht der Perlen Preiß erweg't
Der Tag strahlt erst recht schön / wenn er sich will entfernen.
Der Demant / wenn man ihn im düsterm Schatten träg't.
So wird / dafern sich weiß und schwartz zusammen gattet.
Mein schönes Licht erhöh't / dein Nebel mehr umbschattet.

Roth.

So [Soll!] blasser Sternen Glantz zu eurem Ruhme dienen?
Seht ihr der Liebe Stern nicht selbst im Golde steh'n!
Ich rühme nicht Korall / Granaten / Gold / Rubinen /
Und daß die Sonne roth muß auff und nieder geh'n.
Denn als der Rosen Haupt / das Anfangs weiß geschienen /
Durch Aphroditens Fuß bepurpert ward und schön;
Hat sie das Urtheil uns selbst durch ihr Blutt geschrieben:
Die Röthe schicke sich am besten zu dem Lieben.

Schwartz.

Sag't / wie ihr dort und da geborgte Farben nehmet;
Wenn ihr entfärb't seit / scheint mein nie=erbleichend Licht.
Der Schnee erblaß't für mir / die Röthe steht beschämet /
Wenn ein verliebter Strahl aus schwartzen Augen bricht.
Auß diesen Wolcken wird der Liebes Blitz gesämet.
Er fähr't aus heller Lufft / aus Regen=Bogen nicht.
Der Liebe Zeughauß ist in diese Nacht gebauet /
Wo man mehr Sonnenschein als nicht am Tage schauet.

Weiß.

Die süssen Flammen sind in meinem Schnee vergraben.
Der Brüste Schnee=Gebirg' hat in sich Etnens Brand.
Und gleichwol kwill't hier Milch mit der sich Seelen laben.
Das Glaß der glatten Schooß ist Kwällen anverwandt /
Die auch in Mitternacht Krafft anzuzünden haben.
Der Glieder Eiß ist nicht dem Schwefel unbekand.
Halß / Wangen / Kinne / Brust sind Brunnen des Narcissen /
Wo sich die Spiegelnden in Buhler wandeln müssen.

Roth.

Die Glieder ohne Glutt sind Marmel ohne Leben.
Der Schnee der Wangen muß vermehlt mit Rosen seyn.
Wer aber kan die Krafft der Lippen recht erheben /
Wenn ihr Rubin uns flöß't des Küssens Zucker ein?
Schau den benelckten Mund voll Schnecken=Blutte kleben /

Mit welchem er zerbeitz't der Hertzen Demant=Stein.
Die Brüste die auch nicht gespitzte Flammen röthen /
Sind Aepffel ohne Kern / nicht=ziehende Magneten.

Schwartz.

Gesetzt / die weisse Brust sey unser Venus=Bogen /
Der Liebe Köcher sey ein Purpur=rother Mund;
So kombt kein Liebes=Pfeil von ihnen doch geflogen;
Denn diß Geschoß ist nur den schwartzen Augen kund.
Und wenn Cupido hat die Seenen auffgezogen /
So werden Seelen nur von Liebes=Blicken wund.
Die Augen machen uns verlieb't und auch geliebet:
Ihr Tacht fäng't Lieb' und Glutt / das andern Zunder giebet.

Weiß.

Die Augen dörffen nicht schwartz=braune Sterne haben /
Wenn schon mein Reitz den Geist ins Garn der Liebe bring't.
Zu dem / welch Auge muß mein Blumwerck nicht begaben?
Was schwartzes / als ein Aug' / ist / daß uns schön sonst dünckt?
Sol nun so grosser Schatz so enge seyn vergraben?
Nein! alle Welt gesteht: daß / hat gleich nicht geschmünck't
Das rothe Meer den Mund / und Mohren=Land die Augen /
Die Perlen meiner Schoos noch wol zu lesen taugen.

Roth.

Ich kämpff' umb die Geburth / nicht umb der Liebe Früchte.
Mein Lentz streu't Saamen aus / dein Herbst mag erndten ein.
Der Himmel kleiner Welt ist ein schön Angesichte.
Was kan nun / als der Mund / in ihm die Sonne sein?
Zwar scheint manch ander Stern auch mit beliebtem Lichte;
Der Brunn der Fruchtbarkeit ist aber Sonnenschein.
Hiernebst stehn zwey Gestirn' auff dem geballten Schnee /
Das ein' ist Delia / das andre Cytheree.

Schwartz.

Soll'n dieses Sternen seyn / muß man auch Augen preisen:
Gleich ob ihr Helenens gestirnte Brüder wär't.
Wenn die ihr düstern Licht den Liebes=Schiffern weisen /
So weiß man / daß ihr Mast mit guttem Winde fähr't.
Die schöne Mitternacht der Augen nehret Eisen /
Zu dem sich der Magnet verliebter Hertzen kehr't.
Ihr Nord miß't keinen Tag / mein Finsternüß bleib't lichte /
So lang' es Sommer bleib't im holden Angesichte.

Weiß.

Wo meiner Liebligkeit verklärter Mittag gläntzet /
Behält Aug' und Magnet nicht Zug / auch Liebreitz nicht.
Wo aber deine Nacht gleich meinen Schnee umbgräntzet /
Bekomm' ich kräfft'gern Trieb /mein Schimmer zweyfach Licht.
Ihr / die euch Pafie mit Rosen heute kräntzet /
Ihr / denen Cypripor umbs Bette Myrthen flicht /
Ihr süsses Paar / kommt sagt's: daß alle Welt es wisse /
Welch reitzend Liebes=Thau auf meinen Lilgen flüsse.

Roth.

Wer meine Wirckung weiß / des Liebens Ursprung kennet /
Kan meinen Purpur nicht die Königs=Würd' entziehn.
Ich tröste mich: daß der zum Richter wird benennet /
Dem Themis hat Ihr Recht / die Tugend Ruhm verlieh'n.
Ich weiß es: daß darumb sein Geist von Liebe brennet /
Weil Rosen seiner Braut auf Brust und Lippen blüh'n.
Der Freyheit Eiß zerschmiltz't für meinen rothen Flammen /
In dem die Liebes=Glutt zwey Hertzen schmeltz't zusammen.

Schwartz.

Zu dieser Flamme dien't der Zunder meiner Blicke.
Ja wer nimmt nicht das Garn bestrickter Hertzen wahr?
Was sind die Seelen=Netz' und was die Liebes=Stricke?
Der Richter selst [selbst!] bekenn't: Ihn binde schwartzes Haar.
Schau't wie die holde Braut den freyen Geist berücke /

Der durch kein ander Band sonst nicht zu fässeln war.
Cupido hat zur Seen' ihr schwartzes Haar genommen /
Als ihr verliebter Pfeil ihm biß ans Hertz ist kommen.

Weiß.

Die weissen Schwanen zieh'n der Venus güldnen Wagen:
Weil mein beliebter Glantz die Liebe nach sich zieht.
Als sonst Diespiter nicht Leden wil behagen /
Ist er in einen Schwan sich zu verstell'n bemüh't.
Man mag die Edle Schaar rings umb die Taffeln fragen /
Ob ohne meinen Reitz sie irgends Liebreitz sieht.
Es würde / rinnte nicht mein süsser Schnee darinnen /
Den Hochzeit=Fackeln selbst das Liebes=Oel entrinnen.

Roth.

Mein Glantz entpehr't kein Lob / mein Locken keine Stärcke;
Mein rothes Feuer steck't die Hochzeit=Fackeln an:
Sagt' / ob man Lieb' und Hold bey Danaen vermercke /
Eh' als Ihr regnend Gold in ihre Schoos ab=raan.
Jedoch was rühm' ich viel die Wunder meiner Wercke!
Weil auch mein Nahme nur die Liebe zeugen kan.
Ist nicht das liebe Kind die Braut in den verliebet /
Dem meiner Röthe Preiß des Rothen Nahmen giebet?

Schwartz.

Wen dis ein Nahme würckt' / erkenn ich mich besieget.
Denn was soll'n Wercke thun / wo Worte thätig seyn?
Wo eine Seele Licht von blossem Schatten krieget:
Was soll die Sonne denn dem Hertzen flössen ein?
Jedoch mein Finsternüß ist mehr als wohl vergnüget /
Krig't Ihr / Ihr zwey / von Ihm nur eingen Anmuths=Schein.
So lang ein holder Blitz aus Aug' und Wolcken fähret /
Sol von mir eure Glutt des Liebens seyn genehret.

Weiß.

Wenn meine Lilgen gleich nicht wolln den Rosen weichen /
Da / wo die Braut von sich der Liebe Saamen streu't /
So muß mein Silber doch nur für der Röth' erbleichen /
Wo ihren reinen Geist der süsse Trieb erfreu't.
Jedoch Ich werde noch des Ruhmes Zweck erreichen /
Wenn / süsses Paar / mein Trieb euch noch was Lust verleih't.
Weil sich mein Schnee nicht wird von euren Gliedern trennen
Wird süsser Liebes=Reitz in euren Hertzen brennen.

Roth.

Kombt Schwestern kräntzet mich mit Ros' und Myrthen=Zweigen /
Komm Venus / opfere den güldnen Apfel mir.
Weil meine Flamme muß die Liebes=Fackeln zeugen /
So zieh't ihr Nymphen mich itzt allen Farben für.
Es kan die keusche Braut nicht meinen Trieb verschweigen /
Der Wangen Röthe mah'lt den Liebsten ab in Ihr.
Ja morgen wird die Braut durch Scham=röth' uns entdecken:
Daß starcke Liebes=Krafft im Rothen müsse stecken.

Hannss Assmann von Abschatz

KOmm braune nacht / umhülle mich mit schatten /
Und decke den mit deiner schwärtze zu /
Der ungestört sich will mit sonnen gatten /
Und im bezirck der engel suchet ruh /
Ja hilff mein ach / eh du noch wirst verschwinden /
Mit linder hand von meiner seele binden.

Wie / hör' ich nicht / willkommen mein verlangen!
Schon im gemach mit leiser stimme gehn?
Fühl' ich mich nicht mit lilien umfangen /
Und meinen fuß auff diesen grentzen stehn /
Wo mir Celinde wird aus thränen lachen /
Aus flammen eiß, aus bette himmel machen?

So tilge nun / o heldin! meine schmertzen /
Wirff mit dem flor die leichte zagheit hin /
Laß meine hand mit deinem reichthum schertzen /
Und mich entzückt das schöne thal beziehn /
Da sich im thau die stummen lüste kühlen /
Und tag und nacht mit ihren farben spielen.

Dein heisser mund beseele mich mit küssen /
Hilff / wenn ich soll an dieser brust versehrn /
Durch linden biß der flüchtigen narcissen
Mir ausgestreckt die stille freude mehrn /
Und möchtest du ja deinen krantz verlieren /
Solln perlen doch die schönen haare zieren.

Mein wort erstirbt / die seele will entweichen /
Ach laß sie doch in enge himmel ein /
Laß schiff und mast in deinen hafen schleichen /
Und deine hand selbst meinen Leitstern seyn /
Du solt alsbald die eingeladne gaben /
Nebst voller fracht statt der belohnung haben.

Hannss Assmann von Abschatz

Ich bin das reine Glaß / das noch kein Staub befleckt /
Die Lilje / welche noch die Bienen nicht besessen /
Die Rose / deren Blatt kein Käfer noch durchfressen /
Das Muschel=Kind / das noch der Mutter Schale deckt /
Das Ziel / auff welches noch kein fremder Pfeil gezweckt /
Der süsse Freuden=Brunn / den noch kein Bley gemessen /
Die Nuß / aus der man kan das Lebens=Oele pressen.
Die Schnecke / welche noch die Hörner nie gestreckt /
Die Tochter keuscher Scham / der Unschuld liebstes Kind /
Die Aepffel=Blütte / die nun fertig auffzuspringen /
Das Müntzhauß / drinnen man Vergnügungs=Schätze find /
Die Festung / welche durch ein einig Thor zu zwingen /
Der Liebe Feuer=Zeug / die Artzney deren Krafft
Auch Todte lebend macht / die edle Jungfrauschafft.
Wie geht mirs aber nun? man flöst mir Nectar ein /
Cupido will bey mir den Jungfern=Honig finden /
Der Liebe Brand muß mir die Röthe mehr entzünden /
Die Perle kan auch in der See nicht sicher seyn /
Ein Bogen scharff besähnt zielt auff mein Helffenbein /
Was ich verborgen hielt / will Fürwitz doch ergründen /
Die Liebes=Presse sucht aus mir den Safft zu winden /
Mein Wohnhauß wird bestürmt / und wär es noch so klein.
Die Mutter läst ihr Kind / und weichet selbst darvon /
Die Knospe platzet auff / der Schatz wird mir gestohlen /
Aus meiner Brustwehr wird des Uberwinders Thron /
Der Venus=Zunder fängt und brennet endlich Kohlen /
Den Arzt ertödtet selbst die fremd=erweckte Krafft /
Und endlich stirbt dahin die edle Jungfrauschafft:
So hab ich viel Gefahr von aussen und von innen /
Und sehe wie der Tod schon auff der Zunge sizt /
Die Poltzen / welche man mich zu verletzen spizt /
Die List / durch welche man mich trachtet zu gewinnen.

Die stets genährte Glutt der angefeurten Sinnen /
Die Thränen / welche man bey meinem Grabe schwizt /
Die Vortheil / welche man mich zu verletzen / nüzt.
Sind Feinde die ja leicht mich Schwache fällen künnen.
Ich muß / doch will ich nicht gantz ungerochen sterben /
Den Sieger soll sein Schweiß nebst meinem Blutte färben /
Wird mir der Ring entführt / die Lantze biegt vom Streit /
Man muß mir diesen Ruhm der Großmutt hinterlassen /
Ist gleich mein Helden=Tod nicht ohn Empfindligkeit /
Ich will doch meinen Feind und Mörder nimmer hassen.
Nun Nimphe / finde dich nur willig zu der Bahre.
Ich dancke / was ich kan / der treu=gepflognen Hutt:
Gib ohne weigern hin mein unbeständigs Gutt.
Der grünen Jugend Preiß verfällt bey grauem Haare /
Wer über rechte Zeit verhalten will die Wahre /
Wird innen / daß er ihm den meisten Schaden thut.
Ihr Schwestern folget nach mit kühnem Helden=Mutt /
Was schadets / daß man noch / was unbekannt / erfahre?
Seht / wie beherzt ich geh auff dieser heissen Bahn:
Julinde / gutte Nacht / ich kan nicht länger bleiben /
Der süsse Tod klopfft schon bey meinen Lippen an:
Im Fall ich nicht bey dir zu lange Zeit gehafft /
So laß mir auff mein Grab mit steiffem Griffel schreiben /
Hier liegt / was mühens werth / Julindens Jungfrauschafft.

A. B. im »Schlesischen Helicon«

An Rosetten

ACh komm du Zucker=süsse Stunde
  Was säumest du? ach komm heran /
Daß ich aus der Rosetten Munde /
  Der Liebe Julep saugen kan /
  Da ich von hochster Anmuth voll /
  Vor ihrem Glantz als Wachs zerschmeltzen soll.

Tritt her / du Himmels=Bild / Rosette /
  Die Finnsterniß dringt schon herein /
Drum wirst du mir in meinem Bette /
  Mein Angelstern und Sonne seyn /
  Was acht ich denn der duncklen Nacht
  Wenn nur mein Licht und Sonne bey mir wacht.

Erquick mich nun mit Ambra Küssen /
  Füg deine Brust zu meiner Brust /
Laß alle Glieder heut zerflüssen /
  Von dieser Honig gleichen Lust /
  Und laß den Lilgen=weissen Leib /
  Seyn heute nichts / als meinen Zeitvertreib.

Fall ich? Es fielen selbst die Engel /
  Wer taumelt nicht vom Venus Trunck /
Ich bin ein Mensch: Drum hab ich Mängel /
  Und fühle süsse Kützelung.
  Doch fall ich / alsdenn fall ich bloß
  In deinen Arm / mein Kind / und zarten Schoß.

Aus dem »Schlesischen Helicon«

An R.....

ARmseelges Kind / des Unglücks Unterthan /
Lebst du annoch / da deine Ehre stirbet
Das Ungemach schwingt über dich die Fahn /
Und deine Blüth ach! deine Blüth verdirbet /
Wird dir nun Gall / was erst war Zucker-süß
O Rosilis!

Dein Paradiß / das vor verschlossen schien /
Das siehet man itzt leider mehr als offen;
Aus deiner Blum sog Honig eine Bien;
Doch / daß dich auch der Stachel hat getroffen:
So schadet dir der heisse Liebes=Biß
O Rosilis!

Und was sag ich noch viel von deiner Noth /
Wilst du noch mehr von dir Gewißheit haben /
O Rosilis / du bist schon lebend tod /
Zwey Hertzen sind in deiner Brust begraben /
Du stehst nicht mehr / der Fall ist zu gewiß
O Rosilis!

So muß die Lust vermengt mit Unlust seyn;
So find man oft vor Weitzen taube Körner;
Der Regen folgt auf heissen Sonnenschein.
Bey Rosen stehn auch scharfe Wollust=Dörner;
Stoß nur ein Glaß / so kriegt es einen Riß
O Rosilis!

O Rosilis! was dir der Tod gerafft /
Das kriegst du nun und nimmermehr nicht wieder;

Darum bewein / verletzte Jungferschafft /
Und wirff den Crantz zu deinen Füssen nieder;
Denn dieses ist verbothner Lustgenüß
O Rosilis!

Doch gehe nicht darum zu sehr gebeugt;
Wär Jephta wohl ein solcher Held gewesen;
Wenn man ihn nicht hät' außer Eh erzeugt /
Auch aus dem Schlam kan man oft Perlen lesen.
Wer weiß ersetzt dein Kind nicht diesen Riß
O Rosilis!

Aus dem »Schlesischen Helicon«

Aus dem Französischen des Pays.

ACh Kind / wie kanst du doch so unbarmhertzig seyn?
Wenn ich dich küssen will / so weichest du zurücke /
Und reissest durch den Blitz erzörnter Augenblicke
Den Bau der schönsten Hoffnung ein.

Indessen thut dein Hund / was ich nicht wagen darff.
Melampo fügt sein Maul zu deinem zarten Munde.
Du gönnst ihm manche Lust und angenehme Stunde.
Nur gegen mir bist du so scharff.

Hat meine Liebe denn nicht einen bessern Grund.
Soll eine Bestie mein süsses Ziel verhindern?
Ach halte mich doch nur / umb meinen Schmertz zu lindern /
Zum wenigsten wie deinen Hund.

Aus dem »Schlesischen Helicon«

Aus dem Pays.

Ich muß es wohl gestehn / verliebte Salimene /
Du thust zu Linderung der angenehmen Pein /
So ich dir nechst geklagt / mit mir itzt ziemlich schöne.
Du räumest mir dein Hertz zu meinem Lager ein.
Es ist ein süsser Orth. Allein / verbuhlte Seele /
Ich sag es glatt heraus: Er steht mir nun nicht an.
Es liegen andre schon in dieser Rosen=Höle /
Die Lieb und Eyfersucht nicht um sich leiden kan.
Vor diesem hab ich dich zwar offt darum gebethen /
Als mich ein starcker Trieb zu deinen Knien riß.
Da seufftzt ich: laß mich einst zu diesen Rosen treten /
Und öffne meiner Hand dein schönes Paradiß.
Nun aber mag ich nicht in diesen Garten kommen;
Es sind schon andre da / die haben zweiffels=ohn
Die besten Blumen längst vom Stocke weggenommen /
Und also bau ich mir da keinen Wollust=Thron.
Der Orth / in welchem sich mein Hertze soll vergnügen /
Muß stets verschlossen seyn / und mir nur offen stehn.
Wo andre herbergen / da mag ich gar nicht liegen.
Mein Schatz muß nur allein mit mir zu Bette gehn.

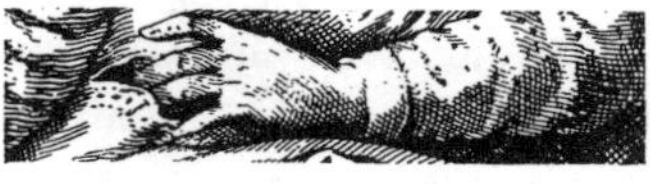

Johann Burkhard Mencke

Das willige Frauenzimmer.
Aus der
Mrs. Behn Engl. Poems p. 44.

I.

NEchst führte Thyrsis mich auf ein beblühmtes Feld,
Die Bäume rund umher ertheilten ihren Schatten
Und wolten, wie es schien, der Sonne nichts verstatten,
Ja was uns diesen Ort am schönsten fürgestellt,
War Einsamkeit allein; es konte niemand hören,
Was Worte zwischen uns damals gefallen sind,
Und nichts als ohngefehr ein sanffter Westen=Wind,
Der in die Blätter strich, kont unsre Ruhe stören.

II.

Da satzten wir uns bald zusammen auf den Mooß,
Und fiengen unter uns allmählich an zu spielen.
Wir hatten tausend Schertz, und sassen in dem Kühlen
Zwar einsam, doch vergnügt einander in dem Schoß.
Wie kont ich Thyrsen doch so manchen Kuß vergönnen,
Und wie viel nahm er nicht auch wieder von mir an?
So daß ich allgemach im Wercke dargethan,
Wie lieb mir, was ich doch mir nicht getraut zu nennen.

III.

Sein schönes Augenpaar belehrte mich geschwind,
Wie man durch Blicke kan, als wie mit Worten, reden;
Und also konte sich dieselbe leicht entblöden,
Die schon ein Strahl davon vorlängst hatt angezündt.
Er küßte mich zwar nur und hieng mir um die Brüste,
Doch jene machten mir mehr die Gedancken kund;
Inzwischen warf er mich voll Anmuth auf den Grund.
Errathet weiter nun die uns bekanten Lüste.

Gottlieb Siegmund Corvinus

Als er ihrentwegen einen schweren Traum hatte.

1.

LAß mich schlaffen / liebste Seele /
Wilst du nicht zu frieden seyn?
Daß ich mich am Tage quäle /
Und mein Hertz viel tausend Pein
Deinetwegen muß ertragen /
Soll mich noch ein Schatten=Spiel
Mit verliebten Träumen plagen?
Engels=Kind! das ist zu viel.

2.

Können doch verhaste Sclaven /
Weil das Schiff in Ancker liegt /
Bey der Nacht geruhig schlaffen /
Ich allein schlaff unvergnügt /
Auch die Nacht will mich nicht schützen /
Denn mein Hertz erfährt darbey /
Daß es muß erbärmlich schwitzen;
Tag und Nacht ist einerley.

3.

Wenn der überhäuffte Kummer
Meinen schwachen Glieder=Rest
Ja zuletzt in einem Schlummer
Auf das Bette sincken läst /
Schlaff ich doch auf Jacobs Steinen /
Denn da wird mir bey der Nacht
Gleich was in den Traum erscheinen /
Das sich Engeln ähnlich macht.

4.

Ich darff zwar in Himmel steigen /
   Welcher deinen Schooß umschleust /
Weil dein gütiges Bezeugen
   Mir im Traum die Leiter weist /
Und geniesse Zucker=Leben /
   Das mir deine karge Hand
Nimmermehr wird wachend geben /
   Denn du bist von Diamant.

5.

Amor läst mich träumend siegen /
   Denn ich seh der Palmen satt
Auf der weissen Wahlstadt liegen /
   Die mein Arm erfochten hat /
Und bey meinem süssen Schlaffen /
   Wenn sich Mast und Seegel regt /
Läufft mein Schiff in deinen Hafen /
   Den die Venus angelegt.

6.

Ich beschiff bey Sturm und Blitzen
   Deine neu erfundne Welt;
Wenn die Wellen um mich spritzen /
   Und der Schaum ins Bette fällt /
Land ich / eh ichs mich versehe
   An den Zucker=Insuln an /
So / daß ich sie in der Nähe
   Halb entzückt besteigen kan.

7.

Wenn ich mich mit Träumen paare /
   Find ich keinen Widerstand
Den ich offt bey Tag erfahre /
   Denn im Schlaff darf meine Hand
Nach dem Purpur=Muscheln greiffen /

Die dein Ufer ausgesät /
Ja ich mag noch weiter greiffen /
Weil mir alles offen steht.

8.

Aber ach! wenn ich erwachet /
Sincket mir mein steiffer Muth /
Ob ich gleich im Schlaff gelachet /
Und es mir noch sanffte thut /
Läst mich doch der Glaube lesen
Der mir in die Hände kömmt /
Daß mich nur ein schäumicht Wesen
Bey den Träumen überschwemmt.

9.

Meine Glieder seynd geschlagen /
Und der ausgebrochne Schweiß
Stehet / daß ichs kaum mag sagen /
Auf den Leibe Tropffen=weiß /
Ich kan kaum die Lenden rühren /
Denn die Geister seynd dahin /
Und mich aus den Federn führen /
Weil ich matt und müde bin.

10.

Drüm / so stelle / liebste Seele /
Künfftig hin dein Martern ein /
Da ich mich am Tage quäle /
Laß die Nächte meine seyn /
Sich am blossen Schatten laben /
Ist ein Eiß / das bald zerbricht /
Was ich nicht soll wachend haben /
Mag ich auch im Traume nicht.

Gottlieb Siegmund Corvinus

Als er ihr ohnversehens eine Feige von ihrem Stock abstiesse / und sie darüber unwillig ward.

ACh Schönste / zürne nicht / wann dir hier Marcian
Die schöne Feigen=Frucht von Stengel abgestossen /
Es kam von ohngefehr / ich bin nicht schuld daran /
Was wilst du dich darob / (begreiffe dich) erboossen /
Erweg / erzürntes Kind / daß bey dem Feigenblat
Der allerklügste Mensch / wie ich / verstossen hat.

Gottlieb Siegmund Corvinus

Uber Berillens Brüste.

AUs sieben Bergen ward das grosse Rom erbauet /
Dir ist ein kleines Rom / Berillis, anvertrauet /
Denn schließt sich solches gleich nur in zwey Hügel ein /
So wünsch ich mir doch stets darinnen Pabst zu seyn.

Christian Friedrich Hunold

Sonnet.
Als er Amalien im Bade sahe.

HIlff Himmel! welchen Schmuck der Perlen weissen Glieder
Ließ mir der zarte Leib an seiner Blösse sehn!
Die Brüste lagen hier gantz ungewöhnlich schön.
Die Hände spritzte sie am Bauche hin und wieder /
Sie hub das eine Bein zu waschen auf und nieder /
Daß mir das Paradieß recht offen konnte stehn.
Ich sang: Amalia / laß mich doch zu dir gehn /
Allein als Scham so Zorn verstimmten meine Lieder.
Ach Venus unsrer Zeit! du bist Diana nicht /
Die in dem Brunnen gleich des Todes Urtheil spricht /
Doch sucht dein strenger Grimm mein Leben zu verkürtzen /
So fällt Narcissus dort in Brunnen / den er sieht:
Weil nun mein stoltzer Geist zu gleichem Spiegel flieht /
So kanst du mich zur Straff' in deinen Brunnen stürtzen.

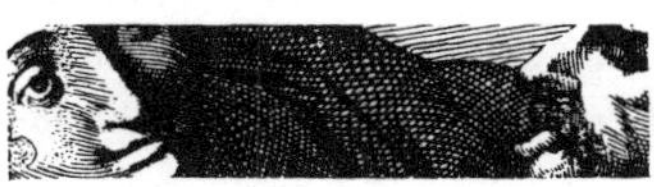

Johann Friederich Riederer

Der jungen Tochter einfältige Fragen an die Mutter aus dem Französischen: Mama les Baisers du Leandre &c.

* * *

ACh / Mutter / ach Leanders Küssen
schmeckt besser als der beste Sect,
ich mögte doch die Ursach wissen /
und was er täglich an mir leckt /
er greifft mich an / er schnürt mich zu /
er schwört / daß ers aus Liebe thu.
Drum / liebe Mutter / sagt / ich bitt /
was meint / was meint er wohl damit?

* * *

Er setzet mich auf seinen Schosse /
er wünscht / bey mir allein zu seyn /
er machet meine Brüste blosse /
er trucket seine Finger drein
er küsset mich / er streicht / und spielt /
biß daß er weiß nicht wohin fühlt:
drum / liebe Mutter / sagt / ich bitt /
was meint / was meint er wohl damit?

* * *

Er gibt mir Zucker / ist mir holde /
besiehet Hände Füß / und Nas'
als ob er mich durch-gucken wollte /
und seuffzt zu letzt / weiß nicht um was?

Er sagt / ich hätts / und gibt nicht Ruh /
ich laugne und er lacht darzu:
Drum / liebe Mutter / sagt / ich bitt /
was meint / was meint er wohl damit?

* * *

Letzt / da er aus dem Schlaff mich weckte /
kroch er ganz sanfte neben mich.
So bald er sich ein bißgen streckte /
so wurde mir ganz wunderlich.
Gleich war mein Wunsch und mein Begehr:
Ach lieber Freund! kommt öffter her:
Drum / liebe Mutter / sagt / ich bitt /
was meint / was meint er wohl damit.

* * *

Den andern Morgen kam er wieder /
er schliech sich ein zur Kammer-Thür /
er legte sich ganz hurtig nieder /
ich war vor Wollust ausser mir.
Mein Kind / so waren seine Wort /
ich wisch das Maul / und schnurre fort /
drum / liebe Mutter / sagt / ich bitt /
was meint / was meint er wohl damit?

* * *

Nun heist er mich sein liebes Weibe /
ich bin sein Henngen / er der Hahn.
seit gestern spür ich was im Leibe /
es klopfet wie ein Hammer an;
wie wohl Leander spöttelt nur /
und spricht: Ey Ey du arme Hur!
drum / liebe Mutter / sagt / ich bitt /
was meint / was meint er wohl damit?

* * *

Johann Friedrich Riederer

ALs einst ein alter Herr ein junges Mädgen freyte /
und Ihm sein schwacher Leib nichts gutes prophezeite /
sprach Er zu Ihr / Mein Kind / Sie wird sich ja bequemen
und wird die ehl'ge Pflicht Quartal weiß von mir nehmen?
Ihr Wiederfragen war / da sie sich kaum bedacht /
allein wie viel Quartal gibts dann in einer Nacht?

***

He is but a Boy that can git a Boy, but he is a Man
that can git a girl, for a girl is a Masterpiece.

Ich halte diese nur für Knaben /
die Knaben aus dem Ehbett haben;
hingegen wer ein Mädgen zeugt
der ist ein ganzer Mann / (mich deucht)
so ists wann ich auf beydes blicke:
ein Mäd'gen ist das Meisterstücke.

***

Es muß ein schlechtes Mäußgen seyn /
das nur kriecht in ein Loch hinein.

Johann Friederich Riederer

Rede
einer schwangern Tochter / welche auf Ihrer eigenen gottlosen Mutter Schoß ihre Ehre verlohren.

IHr Sternen! helft: Ich sterb in Unzucht-vollen Flammen /
  auf meiner Mutter ach! ach! ach! verfluchter Schoß.
Sie schränket Bein um Bein und Arm um Arm zusammen.
  Sie häuffet Schand und Schimpf / und macht mich Ehren-loß /
ich muß der Zunder seyn / dabey Sie ungerochen
  den Schwefel geiler Brunst dem Buhler zündet an /
nun ist mein Feuerzeug mit Stein und Stahl zerbrochen /
  daß keine Liebes-Hand recht Feuer schlagen kan.
Ach / ach auf helle Glut wird höllisch Rauch-werk brennen!
  der Erde keuscher Ehr ist Unzucht eingesteckt.
Ein Gärtner / der sich sonst Baronen gleich darf nennen /
  hat meiner Blumen Blüt mit Schwefel blau befleckt.
Mein Kleinod ist verscherzt / die Jungferschafft gestorben /
  die in der Mutter Schoß ihr Grab gefunden hat.
Was an mir liebens werth / das alles ist verdorben /
  durch meiner Mutter Schuld / durch ihre Kupler-That.
Was hat dich Tiegerthier / dich Teuffels-Herz / bewogen /
  zu löschen geile Glut an meiner keuschen Brust?
Ein Wechsel hat vielleicht den blinden Geitz betrogen /
  ein Wechsel / der nur Ehr vertauscht mit BuhlerLust.
Mit Lust / die meine Brust ganz grausam endlich quälte /
  ob gleich die Kützelung durch beede Lenden lieff /
ob Er gleich tausend Küß auf meine Lippen zehlte /
  und stets / o Himmels-Bild / o Liebes-Göttin / rieff:
Die Küsse waren Qual / die Worte Donner-Keule:
  Daß also Mund und Ohr ihr Antheil halb verflucht /

das Kützeln / als wann man / mit einem stumpfen Pfeile /
der Feinde warmes Blut in ihren Adern sucht.
Ach dieses Gleichnus füllt mein Aug mit heisen Zähren /
ich bin auf gleiche Weiß mit solchem Pfeil verletzt!
ach daß der Himmel mir doch dieses wollt gewähren /
daß meiner Mutter würd die Grabschrifft aufgesetzt:
Hier liegt das Aaß / um das so Geitz als Geilheit kämpfen /
Gewinnsucht war Ihr Vor- Ihr Zunahm Kuplerin /
Sie hielt ihr eigen Kind des Buhlers Brunst zu dämpfen /
und gab der Tochter Ehr um funffzig Thaler hin.

Johann Friederich Riederer

DIe schöne Gertraud / so sich jüngst vermählt / wolt wissen
wann wohl die beste Zeit der Lieb zu pflegen wär /
ein Doctor saß bey ihr / der war so gleich beflissen
bedacht sich auf die Frag / und sagt' ihr ohngefehr:
Wann man des Morgens früh die Rosen denkt zu pflücken /
ists das gesund'ste Spiel / und vor die Lenden gut /
die aber bey der Nacht sich zu der Arbeit schicken /
genießen tieff're Lust / um weil es süsser thut.
Wohl / sagt die junge Frau / dann will ich künftig sorgen
zu pflücken in dem Bett die Frücht der jungen Zeit
vor erst: Weil es gesund / zu früh am hellen Morgen /
und wann es Abend wird / dann um die Süßigkeit.

Joachim Beccau

Die unschuldige Blösse.
[By der B. un O. Hochtydt in Lübeck / den 4. Julii Anno 1713]

DEr Tugend Wechselbalg / der Höllen Ebenbild /
Die geile Liebes=Gluth entdeckt den trocknen Zunder /
Wann sich der Weiber Brust / des Aberwitzes Wunder
Nicht mehr in Kleid und Tuch vor Aug und Blick verhüllt /
Und lässet deutlich gnug aus solcher Freyheit lesen:
Die Ehrbarkeit sey nicht was sie vor dem gewesen.

Ein Kauffmann leget nicht umsonst die Wahren aus /
Und decket vor der Thür den Krahm auf ein Gerüste;
Traun / zeigt ein Weibes=Bild die Aepffel nackter Brüste
So zieht die Jugend leicht verbothne Funcken draus.
Ja die Entblössung regt was sonst liegt eingeschlaffen /
Und reicht durch einen Blick dem Vorwitz seine Straffen.

So schwatzt das Läster=Maul der heuchlerischen Zunfft /
Die nur vom Vorurtheil und Wahnwitz eingenommen;
Doch / wagt die Klugheit sich nur aufs Tapet zu kommen /
So zeiget sich ein Strahl gebesserter Vernunfft /
Da muß die Fantasey die kühnen Seegel streichen /
Und als ein Nebel=Dunst bey diesem Sterne weichen!

Warum hat die Natur / der Dinge Meisterin /
Uns Menschen nicht sowol / beym Eintritt in das Leben /
Wie allen Thieren fast die Decke mitgegeben?
Warum wirfft sie uns nackt auf ersten Boden hin?
Gewiß / wer gar zu sehr der Blösse Schimpff vertheidigt /
Muß sorgen / daß er nicht selbst die Natur beleidigt.

Der Cörper / den sein Wehrt dem Himmel ähnlich macht /
Der recht ein Meisterstück vor allen Creaturen /
An dem zu finden sind der höchsten Allmacht Spuhren /
Soll der verdecket seyn in eines Kleydes Nacht?
O Spott! wann so ein Werck der Neyd vertuschen wollte /
Das zu des Künstlers Ruhm man allen zeigen sollte =

Wie? hat nicht ehemahls ein kluges Alterthum
Die Laster meist verhüllt / die Tugend nackt geschildert?
Und wie sind denn bey uns die Sitten so verwildert /
Daß man der Blösse nicht den angeerbten Ruhm
Den ihr die Vorwelt gab / auch noch anjetzo gönnet /
Und sie / doch unverdient / wohl gar ein Laster nennet?

Sie zeigt uns gar uns selbst nach unsrer Aehnlichkeit /
Und schlägt in unsrer Brust die Hochmuths=Cedern nieder /
Wann sie den schönen zwar doch schwachen Bau der Glieder /
Den Mangel unsrer Krafft / die Unvermögenheit /
Und alles / was in uns die Demuth nur erreget /
Ohn ein Vergrößrungs Glaß uns vor die Augen leget.

Hie aber wirfft man mir / wie mich bedüncket / ein:
Es könne gar zu leicht ein hitziges Verlangen
Von einen nackten Schoß verbohtne Funcken fangen /
Ja gar unmöglich hie ohn alle Regung seyn;
Als wenn kein Liebes=Trieb erreget werden könnte /
Wenn man den Augen nicht den blossen Leib vergönnte.

Es kommt hie mehrentheils auf die Gewohnheit an;
Wenn wir es so gewohnt / wer wollt' es uns verübeln?
Der Vorwitz pfleget dem am meisten nachzugrübeln /
Wohin sein Auge nicht vollkommen dringen kan /
Der Menschen Kühnheit pflegt auch im gemeinen Leben
Dem / was verbothen ist / am meisten nachzustreben.

Im heissen Indien deckt weder Mann noch Weib
Die halbgebratne Haut mit dem geringsten Kleyde;
Hingegen deckt mit Sammt / Gold / Edelstein / und Seyde
Ein zartgewohnter Griech und Perser seinen Leib /
Da diese mehr als jen' in geilen Flammen stehen.
Ob diese gleich bekleydt und jene nackend gehen.

In diesem Stücke zeigt die rasende Begier
Und ein entstandner Wind fast immer gleiche Proben;
Wo man die heyden hemmt / da pflegen sie zu toben /
Und brechen endlich doch mit größrer Macht herfür /
Doch mercken beyde nur den freygelaßnen Zügel /
So weiß Natur und Zeit für sie gewisse Riegel.

Kein Gold im Schachte nützt; kein edler Diamant
Wirfft einen holden Schein wann ihm die Schlacken decken;
Und wann die Sonne sich in Wolcken muß verstecken /
Wird ihre Fackel nur kaum halb so schön erkant;
Was können denn nun wol des Leibes Wunder Gaben /
Wann sie ein Kleyd verbirgt / für einen Nachdruck haben?

In Warheit / Romulus ist ein Tyrann gewest /
Wann bey der Kindheit Roms er diß Gesetz gesprochen:
Es sey / wers immer will / der hat den Halß verbrochen /
Wer sich entblößt / und nackt von Weibern sehen läst.
Selbst Rom hat nachmahls diß auch nicht in acht genommen /
Wann Weiber nackend sind auf Florens Fest gekommen.

Die kluge Livia sah ohn Empfindlichkeit
(So wie sie sichs vermaß / um nicht dafür zu fliehen)
Entblöste Männer an als Bilder und Statuen,
Die eines Künstlers Hand aus Stein und Ertzt bereit't;
Und warlich / wer sich müht der Tugend nachzugehen /
Kan einen nackten Leib ohn alle Regung sehen.

Zwar Mord und Rache folgt den Vorwitz auf den Fuß /
Und heist in Lydien Candaulen untergehen /
Wann er den Gyges läst sein Ehweib nackend sehen /
Wozu ein Schlüssel Loch ihm Hülffe leisten muß;
Allein die Warheit selbst muß hie diß Urtheil sprechen /
Die Straffe sey zu hart für solch gering Verbrechen.

Du / wehrter Bräutigam! kennst solche Straffe nicht /
Du büssest nicht so hart die Unschuld deiner Augen /
Du wirst der Wollust Strohm aus nackter Liebe saugen /
Die keusche Braut verbirgt vor deinem Angesicht
Nun ferner nicht / was dich sie zu umarmen reitzet /
Und zeigt den Schatz / wornach manch lüstern Auge geitzet.

Du aber / wehrte Braut! entschnüre deine Brust /
Nun darffst du dich nicht mehr der keuschen Blösse schämen /
Du darffst kein Feigen=Blatt / wie Eva, vor dich nehmen /
Weil du dem Liebes=Gott dich nackend opffern must /
Drum stelle dich nur nicht / nach Art der Jungfern / fremde /
Die Unschuld reicht dir selbst das reinste Wester=Hemde

Hat eh das deutsche Volck in Kält und Ungemach
(Damit sie in der Zeit sich hart gewehnen mochten)
Im Kriege wiedern Feind gantz nackt und bloß gefochten /
Wolan / geehrtes Paar! so folge diesem nach:
Wirff Kleyd und Gürtel ab; (*) weil Amors Fahnen fliegen /
So mache dich bereit zu seinen nackten Kriegen.

(*) Vosque adeo, ô passae genialia praelia matres,
Virgineam intactae Zonam discingite sponsae,
Intrepidosque afflate animos, jam nuda mariti
Membra Cupidineam servent intrare palaestram.
(P. Quilleti Callipaed. L.2.)

Joachim Beccau

Auf eines Bereiters Hochzeit.

MEin Freund! wo du noch kanst die alte [!] Zeiten kennen /
Darin dein Aug auf mich der Freundschafft Blicke warff /
So wirst du hoffentlich mir diesesmahl vergönnen /
Daß ich / wie ich gewohnt / frey mit dir schertzen darff.
Zudem pflegt solcher Tag noch Schertze zu erlauben /
Daran ein liebes Paar vergnügte Hochzeit macht /
Und wo zwey Freunde sich einander treulich glauben /
Da wird nicht jedes Wort flux zur *Censur* gebracht.
Sprich / warum woltest du dir eine Wittwe nehmen?
Ist keine Jungfer mehr die dich entzünden kan?
Nein / jene pflegen sich viel leichter zu beqvemen /
Und weil du solche nimmst so thust du wol daran.
Denn warlich *le cheval achemine* zu reiten
Gehstu nicht ohne Grund bey deiner Hochzeit ein;
Es treibt die Blödigkeit die Jungfern an die Seiten /
Dieweil sie mehrentheils doch nur *Raminques* seyn.
Sie sind / greifft man sie an / als wie *chevaux qvi s'arment*,
Wo nicht *le Caveçon* die *Escepades* hemmt
Und ob *par les yeux* sie gleich die Kenner *charment*,
So reissen sie doch aus wenn nur *la gaule* kömmt.
Doch ein *cheval loyal* kennt alsbald die *Seccaden*,
Und weil es *chatoilleux*, so machts *airs relevès*.
Es ist nicht *des deux coeurs*, man braucht es ohne Schaden /
Wo nur der Reuter nicht gar ist ein *bistournè*.
Das hoff ich bist du nicht; drum legs aufs *arrondiren* /
Doch *rend la main* bey Zeit / sonst wird *cheval a bout*,
Und fordert dann von selbst durch viele *courbaturen*
Von *Caprioles* matt / die angenehme Ruh.

Doch diß hat lange Zeit. *La lanque serpentire*
Zeigt noch genugsam Feur durch *ebrouiren* an /
Und glaub ich nicht / daß dir so langes Reiten diene /
Als dein *Alenzan clair allevre* halten kan.
Betrachte selber nur *les actions de bouche,*
Wodurch dein *Piaffeur* dir zu verstehen giebt /
Qvi il tres volontiers dans lit requis se couche,
Woselbst als im *haras* ihm die *leçon* beliebt.
Und wann man auch nun gleich *la selle* für dich hätte;
De monter à poil bist du doch mehr gewohnt,
Beym Nohtfall halte dich nur fest *à les mollettes,*
So wirst du mit Gefahr des Abwurffs leicht verschont.
Was bin ich doch bemüht, dir *des leçons* zu geben?
Du weist ja nach der Kunst und auch nach der Natur
La main und jedes Glied zu sencken und zu heben /
Und also kennstu schon *Manêge de l'amour.*

Daniel Stoppe

Das andre Lied.

1.
SOll ich armes Ding denn ewig warten?
Ich geh gleichwohl schon ins zwölffte Jahr;
Nein! ich will die Sache besser karten,
Die Geduld ist bey mir ziemlich rar.
Werff ich gleich das Netze selber aus,
Ach! Ein Mädgen macht sich nichts daraus.

2.
Kein Galan kommt uns ins Maul geflogen,
Wenn man stets in seiner Clause sitzt:
In der Einsamkeit wird man betrogen,
Wenn man sich auf einen Mann verspitzt.
Ich geh fleißig nach Gesellschafft aus.
Denn ein Mädgen macht sich nichts daraus.

3.
Und was will man mir deswegen fluchen,
Daß mein Mäulgen nach Romänen schmeckt?
Darff man denn nicht fremde Hülffe suchen,
Wenn man in der tummen Einfalt steckt?
Ein Romängen les' ich täglich aus,
Denn ein Mädgen macht sich nichts daraus.

4.
Der gebrochne Thon von meiner Laute
Bricht das Eys der Unempfindlichkeit.
Höltzern wäre der, dem davor graute,
Die Music charmiret weit und breit.
Lacht ein tummer Schöps mein Spielen aus;
Ach! ein Mädgen macht sich nichts daraus.

5.

Da gehts recht, wo man in Compagnien
Auch ein L'ombregen zu machen pflegt.
Denn da kan ich manchen Vortheil ziehen,
Wenn man zweymahl Coeur zusammen legt.
Spucken Pietisten drüber aus;
Ach! ein Mädgen macht sich nichts daraus.

6.

Brust und Aepffel schnür' ich in die Höhe,
Daß das liebe Gut ins Auge fällt,
Daß man, wenn ich unter Leute gehe,
Mich vor ertz=galant und artig hält.
Sieht mein Krämgen zu handgreifflich aus,
Ach! ein Mädgen macht sich nichts daraus.

7.

Meine Stimme such ich stets zu zwingen,
Bis sie endlich Opern=mäßig ist.
Diese hilfft den Wunsch zu Stande bringen,
Der den Stand der Ehe in sich schlüst.
Legt die Welt mein Singen übel aus;
Ach! ein Mädgen macht sich nichts daraus.

8.

Meine Augen weiß ich wohl zu führen,
Sie sind wie ein Falcken abgericht,
Die Studenten kräfftig zu charmiren,
Bis sich einer einst mit mir verspricht.
Sieht mein freyer Blick zu weltlich aus;
Ach! ein Mädgen macht sich nichts daraus.

9.

Tantzen steckt beym Lieben voller Seegen,
Darum hat michs iederzeit ergötzt,
Weil man, wenn die Füsse sich bewegen,
Auch die Hertzen in Bewegung setzt.
Schreyt man diese Lust vor sündlich aus,
Ach! ein Mädgen macht sich nichts daraus.

10.

Ich weiß meine Farbe zu erheben,
Wenn ein rother Strich die Backen netzt.
Das heist der Natur den Ausschlag geben,
Der die halbe Welt in Liebe setzt.
Sieht mein Mahlen gleich was kenntbar aus;
Ach! ein Mädgen macht sich nichts daraus.

11.

Leg' ich mich gleich fleißig auf das Küssen,
Wenn man sich nur nicht aufs Bette legt.
O das schadet nicht, wenn wir gleich wissen,
Wie man einen Kuß zu geben pflegt.
Täglich theil' ich hundert Mäulgen aus;
Ach! ein Mädgen macht sich nichts daraus.

12.

Und gesetzt, daß ichs versehen hätte,
O so schleich ich bey der stillen Nacht
In ein abgelegnes Wochen=Bette,
Wo man wenig Federlesens macht.
Sieht mein Jungfern=Crantz zerhudelt aus;
Ach! ein Mädgen macht sich nichts daraus.

Daniel Stoppe

Die allzufreche Dirne.

1.
VErhurtes Liesgen! deine Blicke
Sind Garn und Stricke
  Da man sich verfitzt;
Dein Schooß ist eine Bade=Stube
Wo mancher Bube
  Harte Thaler schwitzt;
Doch nein! er ist der Einfalts=Himmel
Da mancher grober Fuhrmanns=Limmel
  Wie in dem Narren=Kasten sitzt.

2.
Bey dir, du Amboß geiler Hertzen
Wird man mit Schmertzen
  Seines Unglücks Schmidt.
Das L'ombre-Tischgen deiner Lüste,
Ach! wers nicht wüste,
  Macht den Beutel qvit.
Du hast dein Handwerck hoch getrieben,
Und bist ein Brete von den Sieben,
  Auf die man vor acht Groschen trit.

3.
Drum spahre die verbuhlten Minen
Mich zu bedienen!
  Pfuy! ich will dich nicht,
Weil auch ein Schüler in dem Lieben
Nach faulen Rüben
  Sich nicht leicht versticht.
Nur die soll meine Freyheit enden,
Bey der mein Trieb mit frohen Händen
  Die allerersten Rosen bricht.

Daniel Stoppe

Aria.

1.

ICh muß in vollem Ernste lachen,
Wenn ein Studente sich verliebt,
Und um die eitlen Liebes=Sachen
Sich so gar viele Mühe giebt.
Man bringet sich um Zeit und Geld
Und wenn man auch den Zweck erhält.

2.

So lang' man wilde Männer zehlet,
So lange bleibt die Liebste zahm;
Und wem das Geld im Beutel fehlet,
Der fliehe den verliebten Kram.
Denn ist das leichte Säckgen leer,
So hält die Gegenliebe schwer.

3.

Vergebens ist es, daß man meyne,
Daß man der Hahn im Korbe sey;
Denn liebt uns schon der Mund alleine,
So steht das Hertz doch jedem frey.
Weil man offt mit der halben Stadt
Die Schwägerschafft zu theilen hat.

4.

Wie daß man wider alle Rechte
Sich selbsten so verächtlich hält!
Und vor dem weiblichen Geschlechte
Aus Ehrfurcht auf die Knye fällt!
Kein eintzig Mädgen beth' ich an,
Weil sie nicht seelig machen kan.

5.

Die Liebligkeit, die in dem Lieben
Den Wermuth überzuckern muß,
Wird zwar von vielen hoch getrieben;
Jedoch sie stecket voll Verdruß,
Wenn Eyfersucht die Seele kräncket
Und offt auf Mord und Todschlag lencket.

6.

Und schmeckt das Mäulgen noch so süsse,
Die Bitterkeit folgt gleichwohl nach.
Das stille Gifft verbuhlter Küsse
Senckt das Gemüth in Ungemach;
Je mehr man an der Liebsten leckt,
Je mehr wird man in Brand gesteckt.

7.

Bringt manchem gleich ein Grieff in Ehren
Entzückende Gedancken bey,
So trau ich mir doch drauff zu schweren,
Daß größrer Vortheil dabey sey,
Wenn man an seinen Waden spielt,
Als an die Jungfern=Aepffel fühlt.

8.

Denn dadurch muß die Kette brechen,
Woran der alte Adam liegt.
Der Schaden ist nicht auszusprechen,
So bald er freye Hände kriegt,
Er schmeist der Zucht die Fenster ein,
Und will an nichts gebunden seyn.

Daniel Stoppe

Der Volontair im Lieben.

1.

DU meynst, ich sey dir recht getreu;
Allein, das heist gefehlt,
Weil falsche Dunst und Heucheley
In meiner Karte wehlt.
Ich liebe dich nur oben hin,
Weil ich durchaus von Flandern bin.
Und wenn ich noch so ehrlich thu,
So geh ich doch nicht grade zu.

2.

Betreug dich nicht, du armes Kind!
Und traue nicht zu viel;
Ich mache nichts als lauter Wind,
Wenn ich dich fangen wiel.
Die Flatterien kommen dir
Wie Himmel=feste Schlösser für;
Doch wenn ich noch so ehrlich thu,
So geh ich doch nicht grade zu.

3.

Wenn dich manchmahl mein falscher Mund
Mit süßen Worten wiegt,
So dencke dennoch, daß der Hund
Auch hier begraben liegt,
Weil das nicht stets die Probe hält,
Was einem in das Auge fällt,
Denn wenn ich noch so ehrlich thu,
So geh ich doch nicht grade zu.

4.

Ich sehe die Beständigkeit
Kaum mit dem Rücken an,
Und lache, wenn ich jederzeit
Was frisches haben kan;
Weil der nicht nach der Mode liebt,
Der sich an eine gantz ergiebt.
Drum wenn ich noch so ehrlich thu,
So geh ich doch nicht grade zu.

5.

Die Alten Teutschen hatten zwar
Die Einfalt aufgebracht,
Und was einmahl versprochen war,
Das wurde wahr gemacht;
Doch sieht man, daß die neue Welt
Von alten Grillen wenig hält,
Drum wenn ich noch so ehrlich thu,
So geh ich doch nicht grade zu.

Daniel Stoppe

Trost=Gedancken eines gewissen Studiosi, der mit seiner Aufwärterin von der Banck gefallen, die er nachgehends mit der Genehmhaltung seiner lieben Mutter geheyrathet.

1.

TUumme Welt! was wilstu drüber klagen,
Daß ich unsrer Magd ein Kind gemacht?
Bäume, welche zeitig Früchte tragen,
Sind ja sonsten hoch= und werthgeacht.
Ob mich gleich der Kitzel zeitig sticht;
Meine Mutter klagt deswegen nicht.

2.

Zwar die Ehre kommt hier ins Gedränge,
Da sie sich die Magd zum Galgen wehlt,
Woran ich mich itzt mit Freuden hänge;
Wenn ihr nur nichts an der Schürtze fehlt,
Ist ihr Vater gleich kein grosses Licht:
Meine Mutter brummt deswegen nicht.

3.

Fehlt es ihr schon an charmanten Worten:
O sie caressirt mich in der That,
Wahre Liebe wird ja aller Orten
Von den Complimenten niemahls satt.
Wenn das plumpe Ding nicht artig spricht:
Meine Mutter murrt deswegen nicht.

4.

Hat sie keinen Reichthum vorzuweisen,
Ey so hat sie doch noch Fleisch und Blut.
Dieses ist ja mehr als Geld zu preisen,

Dieses ist ihr eingebrachtes Gut.
Wenn schon meiner Frau das Geld gebricht,
Meine Mutter keift deswegen nicht.

5.

Prahlt sie nicht des Tags mit schönen Kleidern;
Was fehlt meiner Frau doch wohl zur Nacht,
Wenn sie meinen Leib, trotz allen Schneidern!
Selbst zu ihrem Ober=Rocke macht?
Ist sie gleich auf diesen Staat erpicht;
Meine Mutter schilt deswegen nicht.

6.

Und die, so sich über mich beschweren,
Daß ich unsre Magd zur Frau gemacht,
Sollen bald von mir die Antwort hören,
Die des Goldschmids Junge ausgedacht.
Unsre Hanne bleibt mein schönstes Licht.
Meine Mutter flucht deswegen nicht.

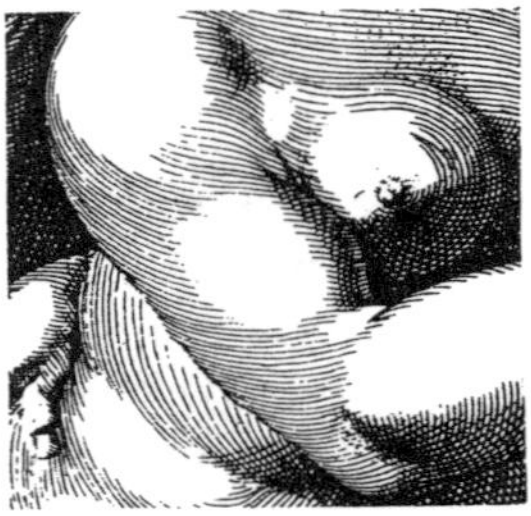

Streit der fünff Sinnen.

DIe Sinnen hatten einen Streit
Von nicht geringer Wichtigkeit;
Denn sie wolten gerne wissen:
Welchen Venus könte missen?

Das Sehen trat zuerst herfür,
Und sprach: Der Rang gebühret mir!
Wer mich nicht hat, siehet nimmer
Engel=schönes Frauen=Zimmer.

Das Schmecken sprach: Was hilfft das Sehn,
Wenn gar kein Küßgen darf geschehn?
Ohne mich wird niemand wissen:
Wie so süsse schmeckt das Küssen.

Das Riechen sagte darauf gleich:
Ich setze mich noch über euch!
Wenn man will zum Mägdgen kriechen,
Muß man sie zuvor beriechen.

Das Hören sagte: Das ist Tand!
Wer riecht, obs Mägdgen angebrant?
Was hilfft schmecken? Was hilfft sehen?
Wenn sie taub bey unserm Flehen.

Das Fühlen lachte überlaut,
Und sagte: Was nützt eine Braut,
Mit der wir im Bette spielen,
Wenn wir nicht den Kützel fühlen?

Auf die Gassaten=gehende Begerine und ihren possirlichen Galan, welcher allemahl, wenn er ein Nächtliches Rendesvous mit ihr halten will, unter ihrem Kammer=Fenster wie eine Ente qväcket.

UNter allem Frauen=Zimmer
In dem keuschen Elb=Athen
Wird des Nachts bey Sternen=Schimmer
Keine nicht gassaten gehn,
Als die geile Begerine,
Die Studenten=Violine.

Wenn diß Nacht=Licht nun erscheinet,
Stellt sich bald die Licht=Putz ein,
Die das Licht zu putzen meynet,
Ob es gleich von Fleisch und Bein;
Und da hält die arme Nille,
Wie ein Lamm, gedultig stille.

Fügt sich nun ihr Liebes=Glücke;
Fragt sie nicht: Wer? Wie? und Wo?
Sie ist zwar vom Mittel=Stücke
Weit beschrien; doch ists nicht so.
Ihre Jungfernschafft ist enge,
In die Queer und in die Länge.

Possen! Ihre Liebes=Tasche
Ist mit nichten ausgedehnt;
Allenfalls hat sie die Flasche
Von Louisen[1] schon gelehnt,
Deren Tropffen (helff mir lachen!)
Weite Jungfern enge machen.

Darum bleibet sie doch schöne,
Ob ihr gleich zum Zeit=Vertreib
Dann und wann die Musen=Söhne
Höckern auf den geilen Leib.
Sie lacht nur zu solchen Possen;
Weil die meisten fehl geschossen.

Tausendmahl hat sie probiret,
Wie der Liebes=Hempelmann
Mit den Jungfern courtisiret:
Daß sie mehr erzehlen kan
Von verliebten Nectar=Flüssen,
Als wol manche Weiber wissen.

Dennoch bleib ich ihr gewogen,
Weil ich ihren Liebes=Seim
Und sie meinen eingesogen,
Welcher, als wie Vogel=Leim,
Mein Hertz an ihr Hertze klebet,
Das ihr gantz zu eigen lebet.

Nimmermehr kan unser Kater
Seiner Kietze günstger seyn;
Und ich glaube: Mein Herr Vater
Kan nicht so ein Gläßgen Wein,
Kein alt Weib die welcke Rüben,
Als ich Begerinen, lieben.

Denck ich ihrer Liebes=Chosen,
Hüpfft mir der Hopheisasa
In den ertz=verliebten Hosen,
Die ich von der Groß=Mama
Ihrem rothen Scharlach=Rocke
Machen ließ beym Ziegen=Bocke.

Ach du Fix=Stern meiner Seele,
   Laß mich durch den Tubum doch
Sehn in deine Liebes=Höle,
   In das Zucker=süsse Loch,
Wo schon, bey so jungen Jahren,
Mancher aus= und eingefahren.

Wenn du wüstest, wie mich brennte
   Deiner Augen heisser Strahl?
Liessest du die arme Ente[2],
   Die so quäcket, gern einmahl
Zu dir in dein Bette steigen,
Und dich von Sanct Stephan geigen.

Nun ich stehe vor der Thüre;
   Laß mich Lumpen=Bettler ein!
Denn es warten ihrer viere,
   Neben mir, in heisser Pein.
Wirst du uns nicht Kühlung gönnen,
Müssen wir vor Glut verbrennen.

Sprich ein Wörtgen der Genaden!
   Oeffne aus Barmhertzigkeit
Den verschloßnen Fenster=Laden!
   Höre, wie die Ente schreyt.
Laß mich in dein Zimmer steigen!
Ich will auch dein Leib=Stück geigen.

[1] Diese ist ihre Gespielin und zugleich ihre Lehrmeisterin in der Liebe gewesen.
[2] Ist der Galan selber / welcher zum Zeichen seiner Gegenwart / wie eine Ente / quäckete.

LE PANSIV

AUF DIE SECHZIG=JÄHRIGE VENINE, DIE SICH NOCH AUF EINEN JUNGEN MAGISTER RECHNUNG MACHET.

SChämt euch doch, ihr alte Mutter,
Daß ihr noch ein Unterfutter
Der Studenten wollet seyn,
Wenn euch plagt die Liebes=Pein!

Habt ihr allen Witz verlohren,
Daß ihr einen Schatz erkohren,
Der vor euch so reimet sich,
Als wie Mars und Friederich?

Schicken vier und zwantzig Jahre
Sich zu eurem grauen Haare?
Und ein junger frischer Leib
Vor ein alt verschrumpelt Weib?

Was wär das vor eine Liebe,
Wenn man eine welcke Rübe,
(Die ist vor Studenten nicht)
Neben sich ins Bette kriegt?

Ach du altes Ungeheuer!
Brennt dich noch das Liebes=Feuer?
Ey! so giesse Kammer=Naß
In dein rauches Spülicht=Faß.

Oel vom schwartzen Rauch=Tobacke,
Zwiebel=Safft, und Herings=Lacke,
Das gehört vor eine Frau,
Die schon unterm Nabel grau.

Auf eben dieselbe [Assine!], als sie ihrem guten Manne im Bette auf die schlappe Mannheit einen Fips gabe.

ASsine lage kranck am heissen Liebes=Fieber;
Als nun ihr guter Mann, sie zu curiren kam,
Merckt es Aßine gleich: Daß seine Lantze lahm;
Drum gab sie, vor Verdruß, derselben einen Stieber.

Calliste will noch eine Jungfer seyn.

ALs ich zu Callisten kam,
Fragte ich sie um die Ehre,
Und ob sie noch Jungfer wäre?
Ja! sprach sie, und schwur recht sehre:
Ich hab' eine grosse Schaam.

Lupine will sich wegen ihres verstorbenen Mannes nicht trösten lassen.

AU weh! mein Mann ist todt! ich armes Weibelein!
Ach deckt die Brunnen zu! Sonst springe ich hinein.
So sprach Lupine kurtz nach ihrem Wittwen=Orden:
Nun ist sie im Bordel vor Graam zur Hure worden.

Auf Volginens wintzerliche Brüste.

BEtrübe dich nur nicht, zu klein=gebrüstes Kind,
Weil deine Pietzgen kaum so groß, wie Erbsen, sind,
Deßwegen findt sich doch ein Kätergen zum Mietzgen:
Ist nur das Täschgen gut; wer fraget nach den Pietzgen?

Auf die Gast Wirthin in dem so genanten Partutz=Loche zu L.

DIe Wirthin herbergt zwar; Doch, welcher gern ein Lager hätte,
Dem giebet sie vors Geld nichts, als ein fleischern Unter=Bette.

Auf einen schönen Leib.

WAs ist ein schöner Leib?
Der Geilheit Zeit=Vertreib.
Drum haben meist die schönsten Weiber
Ein schön Gesicht; befleckte Leiber.

Jungfer=A.B.C.

NUr zwey Buchstaben hat das Jungfer=A.B.C.
Der erste heisset G; Der andre heisset W.
Wenn man sie küssen will, so spricht das Mündgen G. (geh!)
Wenn man sie stechen will, so schreyt das Dingchen: W.(weh!)

Auf die blassen, rothen, und weissen Jungfern, nach Anleitung des Sprich=Worts: Pallida virgo cupit, rubicunda dat, alba recusat.

EIn blasses Mägdgen pflegt es heimlich zu begehren;
Ein rothes wird von selbst uns Brust und Schooß gewähren;
Ein weisses schlägt es ab, und spricht: Man soll sich scheren!

Unterscheid zwischen einer Blondine und Brunette.

ES machet die Blondine
Zwar eine tendre Mine;
Doch leget die Brunette
Sich eher auf das Bette.

Als er sie zum Spass sein Kammer=Mietzgen nennte, und zur Straffe, ohne langes Nachsinnen, auf das Kammer=Mietzgen Verse machen muste.

ACh gieb mir doch ein Küßgen!
Und laß mich nur ein bisgen
Mit deinen weissen Pietzgen
Und Jungfräulichen Mietzgen,
Mein Kammer=Mietzgen, spielen!
Du solst es fast nicht fühlen:
Wie zärtlich, und mit schmeicheln,
Es meine Hand soll streicheln.

Sie verstattet ihm alle Liebes=Freyheiten, bis auf eine.

MEin Lorchen läst mich zwar ans Unter=Kehlgen fühlen;
Auch läßt sie mich zur Noth mit ihren Pietzgen spielen;
Nur darf die arme Hand ihr an den Schooß nicht fühlen.

Eben dergleichen.

MEin Lorchen lässet mich zwar ohne vieles Wesen,
Von Wangen, Mund und Brust die Zucker=Rosen lesen;
Allein das beste ist mir armen Schelm verbothen:
Daß ich nicht flücken/kosten darf des Schoosses Zucker=Schoten.

Er wünscht nur eine Nacht bey ihr zu schlaffen.

Könt ich nur eine Nacht * * * Gunst erwerben;
{Ach wie vergnügt wolt ich auf ihrem Schoosse sterben!}
{So wolte ich hernach vergnügt und gerne sterben.}

JUNGFER-GESÄNGE, WIE SOLCHE VON JAHREN ZU JAHREN VON DENEN GERNE MÄNNER=HABEN=WOLLENDEN JUNGFERN GESUNGEN WERDEN. NACH EIGENEM GESTÄNDNISS EINER 50=JÄHRIGEN JUNGFER.

[Mel. Cupido bleibe mir vom Leibe &c.]

EIn Mägdgen kaum von vierzehn Jahren
Ficht schon die Männer Sehnsucht an;
Drum wünscht sie täglich sich zu paaren,
Und singt: »Ach gebt mir einen Mann,
Der mir fein sanfft das Leibgen drücke,
Denn meine Jungferschafft ist pflücke!«

Sind sechzehn Jahre erst vergangen,
So brennt das Mägdgen lichterloh,
Und singt vor brennendem Verlangen:
(Ihr lieben Jungfern ists nicht so?)
»Will noch kein Mann mir Löschung gönnen?
Ach soll ich armes Ding verbrennen!«

Sind zwantzig Jahre ran gekommen
So seufftzt das Mägdgen Tag und Nacht,
Bis ihr die Jungferschafft benommen,
Die ihr die Nächte schlaflos macht.
Sie singt: »Ach komm ein Mann noch heute!
Sonst geh ich selber auf die Freyte.«

Kömmts dreyß'gste Jahr schon angetreten,
So fleht sie den Sanct Andräs an,
Den sie pflegt kniend anzubeten,
Und singt: »Ach gieb mir einen Mann,
Den ich im Bette kan umarmen;
Sanct Andräs, laß dichs doch erbarmen!«

Hat sie nun viertzig Jahr getragen
   Das Centner=schwere Jungfer=Joch,
Wird sie die Manns=Noth doch noch plagen;
   Warum? der Kützel sticht sie noch;
Drum singt sie: »Will kein Mann mich puntzeln?
Die Jungferschafft bekömmt schon Runtzeln.«

Sind aber funfftzig Jahr verflossen,
   Wird die verschrumpffte Jungferschafft
Mit Thränen=Wasser nun begossen;
   Doch singt sie noch aus Leibes=Krafft:
»Ach komm ein Mann! ach komm behende!
Wo nicht; so komm mein Lebensende.«

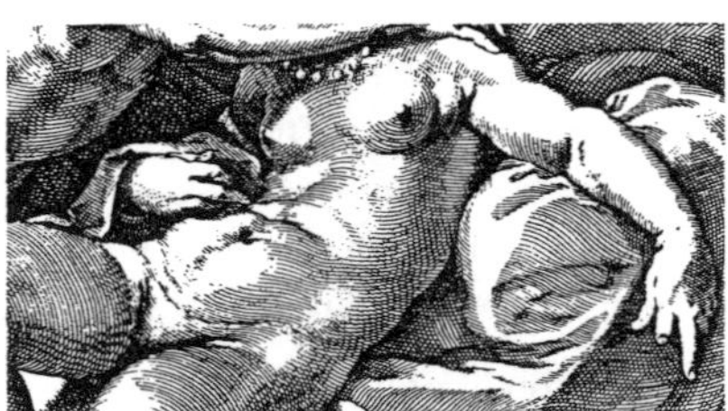

Aus »Deliciae Poeticae«

Bey Gelegenheit eines Gewächshauses

1.

LIebster Engel,
Laß die Mängel
Unberührt.
Denn das deine
Hat das meine
So geführt,
Wenn man lange
Im Gesange
Sachte pfeifft,
Macht mans endlich
So verständlich
Daß mans greifft.

2.

Wir verrichten,
Was bey Früchten
Nöthig ist:
Die Gewölber,
Wie du selber
Eines bist,
Nehmen gerne
Frucht und Kerne
In sich ein,
Soll der Sturtzel
Meiner Wurtzel
Gifftig seyn?

3.

Ich probire,
Und die Thüre
    Springt mir auff.
Ach wir stopffen
Ach wir pfropffen
    Ziemlich drauff!
Engel, sage,
Wird der Klage
    Noch gedacht
Wenn mein Stängel
Lauter Engel
    Aus dir macht?

4.

Gieb die Küsse
Die so süsse
    Wie du bist,
Biß das meiste
Von dem Geiste
    In dich fliest.
Macht die Regung
Und Bewegung
    Etwas matt
O wir haben
Dieses Graben
    Niemahls satt.

Aus »Deliciae Poeticae«

Auff ihre Brüste.

Ihr Brüste kan was seyn das schöner ist als ihr?
  Ja weiß wol iemand was das euch nur zuvergleichen,
  Euch muß der feinste Klee mit allen Liljen weichen,
Der Schnee kömt mir bey euch wie Tint und Kohlen für,
Was ist vor ein Rubin denn in der Mitten hier?
  Was red ich? kan der wol an diese Farbe reichen,
  Er muß, wenn er es sieht vor Scham und Gram verbleichen,
Ist was so rund, so steiff, so nidlich, zeigt es mir!
  Ihr werdet nur allein was gantz vollkommnes bleiben
Jemehr ich sinnen wil, iemehr fehlt mir die Krafft,
Gebt meinen Sinnen Licht gebt meiner Seele Saft,
  So wil ich nur von euch und eurer Schönheit schreiben.
Ich sah, ich küßte euch mein Geist verlohr sich gar,
Ihr seyd des Leibes Geist und dessen sein Altar.

Aus »Deliciae Poeticae«

An ihre Brüste.

Verträgt sich Feuer denn, und Schnee so wol zusammen.
Ich sehe kalten Schnee ich fühle heisse Flammen,
Ich weiß nicht soll der Ort ein neuer Aethna seyn,
Ach schöne Lesbia! ich stürtze mich hinein.

Aus »Deliciae Poeticae«

Auff ihre S = = = =

Du schönes Lust=Revier wo weder Frost noch Eiß
Du Brunnen, der du nie gefrierest noch versiegest,
Du Thal, das allezeit an schönen Schatten liegest,
Voll Anmuth voller Lust ist stets dein bunter Creiß,
Wie steht der schwartze Pusch so allerliebst auf weiß
Dein Sitz ist aufgeschwelt mit dem du alles biegest
Dein Mittel eng geschlitzt mit dem du mich bekriegest,
Bey tausend Seltenen behälstu doch den Preiß.
Du bist die zarte S = = = der schönen Lesbien,
Mich hat ein freyer Griff gefangen und gebunden,
Der Schlitz den ich berührt macht meinen Hertzen Wunden.
Mein Sinn kennt sich nicht mehr und fragt sich: bin ichs denn?
Ach soll ich meine Ruh erst nach dem Tode haben?
Lebendig wil ich mich an diesen Ort begraben.

Aus »Deliciae Poeticae«

Ihr Man wird zu rechte kommen.

Ich weiß du gibst dir Müh dem Manne vorzuschwatzen,
Daß ihm dein enger Weg ein Himmel=Reich beschert,
Allein wie wird sich doch der Narr im Kopffe kratzen
Wenn ihm der weite lehrt, daß er zur Höllen führt.

Aus »Deliciae Poeticae«

Die / die volle Sättigung wünschende Liebe.

1.

SOll Geliebte unsre Liebe
  Nicht die reiffen Früchte sehn?
Wenn mein süsser Wunsch bekliebe,
  Könt es ja gar leicht geschehn!
Ach wie lange bleibt das Glücke
Meine Sehnsucht noch zurücke?

2.

Fühlst du nichts in deiner Seelen
  Das dich reitzet, lockt und treibt,
Zwinge dich nicht zu verhölen
  Was doch schwer verborgen bleibt,
Laß der Regung nur den Willen
Sich zu zeigen, mich zu stillen.

3.

Lieben und doch nichts geniessen,
  Ist nur Marter und Verdruß,
Was will der von Freude wissen,
  Welcher täglich fasten muß,
Da sich doch die süssen Speisen
Seinem Munde stündlich weisen.

4.

Liebst du mich, mich nur zu qvälen?
  Hast du Lust an meiner Pein?
Nein, du wilst mir ja befehlen
  Munter und vergnügt zu seyn,

Und versprichst mit süssen Lachen
Meine Wünsche wahr zu machen.

5.

O Geliebte mache mache
  Schaffe dir und mir viel Lust,
Lieg ich, O erwünschte Sache!
  Dir im Hertzen in der Brust,
So versiegle mein Vergnügen,
Laß mich auch, du weist wo, liegen.

Aus »Deliciae Poeticae«

Nach eines andern Invention bey Gelegenheit des Tittels über einen Kuss.

COrdille ward Blut roth als ich sie kunte küssen,
Und endlich ward ich gar ein loser Dieb geheissen,
Verdroß mich dieser Schimpf? ach nein ich danckte noch
Und sprach: Bin ich ein Dieb, so stecke mich ins Loch?

Er ist mit dem = = = nicht eines Sinnes.

Was der Poëte setzt ist aller Welt bekandt:
»Man geht durchs rothe Meer in das gelobte Land.
Nun bin ich aber nicht des Sinnes als wie er,
Ich gehe nimmermehr, mehr durch das rothe Meer.

Aus »Deliciae Poeticae«

Sie macht Ihn zum Rittmeister.

Und du erhebest mich zu einer solchen Stelle!
   Allein Herr General wird er mit mir bestehn?
   Darff man den armen Knecht zum Officier erhöhn?
Je höher man sonst steigt: ie tieffer sind die Fälle.
Was war denn mein Gewehr? was hieß man denn die Wölle?
   Was war das Magazin? was fourragirren gehn?
   Was hieß die Musterung? besteh ich nicht recht schön.
Zudem ist Zärtligkeit und Furcht mein Spießgeselle
   Doch mache was du wilst ich bin dir gantz geschenckt,
Du kanst das und noch mehr aus deinen Diener machen,
   Erhebstu ihm zu dem woran er kaum gedenckt:
   So ist er gantz bereit vor deinen Leib zu wachen
Du wirst ihn wol verstehn er wünschet sich die Krafft
Daß ieder Ritt von ihm dir viel Vergnügen schafft.

Aus »Deliciae Poeticae«

Auff ihr Reiten

Ich habe viel gesehn! allein wie wird mir ietzt?
Da meine Lesbia so wol zu Pferde sietzt!
Vergönne mir doch was von deinen Seltenheiten
Ja meine Lesbia, ich lernte gerne reiten!

Aus »Deliciae Poeticae«

An eine gehaubte Braut.

1.

EY du angenehmes Weibgen,
Setze nur das nette Häubgen
  Auff dein noch weit nettes Haar,
Unter tausend süssen Küssen
Wirst du nun mit Lust geniessen,
  Was dir gestern fremde war.

2.

Gelt das Manns=Volck weiß die Sachen
So vergnügt, so gut zu machen,
  Man kriegt kaum des Dinges satt,
Freylich nach dem Schlaffen gehen
Lernt ein Mädgen erst verstehen
  Was ihr noch gemangelt hat.

3.

Gut, du hast den Stein im Brete
Und das neue Kopff=Geräthe
  Steht dir aus der Massen gut!
Die Natur giebt das Gesetze
Und wir fliegen in das Netze
  Weil es uns zu sanffte thut.

4.

Kehre dich nur an kein Lachen,
Fragt man tausend dumme Sachen
  Von der überstandnen Nacht:
Ach sie suchen durch viel Fragen
Dir die Röthe rauß zu jagen,
  Die dich doch viel schöner macht.

5.

Ja da treibt man Possen drüber
Und man hat es selbst viel lieber
Als man äußerlich entdeckt,
glaube die das meiste schertzen,
Wünschen sich von gantzen Hertzen
Was dir gestern gut geschmeckt.

6.

Deine Klugheit reicht den Braten
Und wahrhafftig zum Verrathen
Ist kein Rath, sie kommen blind
Ja sie werden hören müssen:
Wer so heimlich Ding will wissen
Ist ein neu begierig Kind.

7.

Die vergnügten Liebes=Schliche
Bleiben wie die Götter=Sprüche,
Unaufflößlich und geheim;
Austern aus den Liebes Seen
Schmecken öffentlich nach Schleen
Heimlich sind sie Honig=Seim.

8.

Wenn die Bräute doch gestünden
Was sie bey dem Liebsten finden,
Was er macht und wie es hält,
Wenn sie doch haar klein beschrieben,
Wie das Züngligen im Lieben,
Auff die rechte Schaale fält!

9.

Finge man nicht junge Füchse!
Ach nein nein, die Liebes=Büchse
Schüttet stilles Pulver auff.
Liessen sich auch viel gelüsten
Zu verrathen was sie wüsten:
Gieb nur ein Gelächter drauff.

10.

Rede wenn die Zeit wird kommen,
Wird dir gestern was genommen
Gläube nur: es schadt dir nicht.
Wer die Perle nur kan finden,
Wird den Schaden leicht verwinden
Wenn die Muschel gleich zerbricht.

11.

Warte deinen Liebes=Garten
Daß sich bey den Schlitten=Farthen
Was von guter Hoffnung weist.
Ach du kennest liebe Hertzen,
Die verlangen recht mit Schmertzen,
Biß die Lust ins gantze reist.

12.

Ja du angenehmes Weibgen,
Trage nur das nette Häubgen
Lange Zeit mit Lust und Ruh;
Ach wir werden bald erleben,
Daß die Blüthen Früchte geben,
Die so niedlich sind, wie du.

Celander

Da sie ihren Busen veste vermachte.

1.

Mein Kind / sey doch so blöde nicht /
Laß deinen Busen offen /
So sieht man / daß dir nichts gebricht /
Daß alles eingetroffen:
Sonst dencket man gewiß von dir /
Du hättest nicht der Brüste Zier.

2.

Ein Griff entweyht nicht deine Brust /
Und macht ihr keine Flecken /
Was nützt ein Schatz der unbewust
Den Sand und Steine decken?
Die Perl / so stets verborgen liegt /
Mit ihrem Glantze nicht vergnügt.

3.

Was die Natur uns Menschen giebt /
Das darff man allen zeigen /
Am meisten diesem / der uns liebt /
Dem wir die Sinnen beugen.
Was ist es / das zum Sclaven macht?
Wol anderst / denn der Brüste Pracht?

4.

Was nun die Liebe heilig heist /
Das lasse auch verehren /
Und wenn denn seine Pflicht erweist /
So must du den nicht stöhren /
Dem deine Brust das Altar ist /
Auf dem er deine Gottheit küßt.

Celander

An die Nacht.

1.

Komm / schwartze Nacht / du stille Finsterniß /
Umhülle mich mit deinem braunen Schatten /
Du blasser Mond / zeig mir mein güldnes Vließ /
Laß ungestöhrt mich mit Sorellen gatten.
Ihr Sternen zündt die hellen Fackeln an /
Daß ich den Port der Wollust finden kan.

2.

Mein Geist verlangt den Haven bald zu sehn /
Den Alabaster und Corallen zieren;
Die Enge / wo nur kan ein Schifflein gehn /
Soll ihn ins Land der süßten Lüste führen /
Der Pharos soll die weisse Brust ihm seyn /
So fähret er vergnügt zum Haven ein.

3.

Wie / winckt mein Licht nicht albereits von fern /
Und rufft mir zu / im Seegeln fort zu eilen /
Ja! nun wohlan! ich folge diesem Stern /
Der Tag will auch nicht länger mehr verweilen /
Die Sonne sucht im Meere ihre Ruh /
Und ich / ich eile nach Sorellen zu.

4.

Ich fühle schon die Liljen weiche Hand /
Ich seh die Brust mit Wollust=Rosen spielen /
Und ferner fort das angenehme Land /
Das meine Brunst ist willig abzukühlen.
Das / was mein Schiff nun eingeladen hat /
Das bleibet dir Sorelle vor die That.

Celander

Als einer im Schlaff verschwenderisch gewesen.

Mein Mädgen laß hinfort mich nicht verschwendrisch seyn /
Und nimm die Perlen=Milch in deine Muschel ein;
Groß Schade / daß sie wird so liederlich versprützet /
Da wo sie keiner Schooß / auch nicht den Tüchern nützet.
Dein hart=seyn gegen mich verschwendet meinen Schatz /
Vergönne mir hinfort in deinem Schoosse Platz /
Und laß den Liebes=Thau daselbsten sich ergiessen /
Wo er mit größrer Lust wird als im Schlaffe fliessen.
Dein dürrer Acker wird alsdenn von Wollust feist /
Die Brüste härten sich / die Lust entzückt den Geist;
Die Anmuth / die durchdringt des gantzen Leibes=Glieder /
In Lachen steigt man ein / mit Kitzeln kommt man wieder /
Nichts denn Ergötzung bringt er deiner Marmor-Schooß /
Die Venus spannt dir denn / den Jungfern=Gürtel loß /
Und läßt dir alle Lust / die sie besitzet / schmecken /
Der Hymen wird nach Schmertz den süßten Schertz erwecken.
Ach stelle doch mein Kind die Sprödigkeit nur ein!
Laß deine Muschel mir nicht mehr verschlossen seyn /
Eröffne ihren Helm die Nahrung zu empfangen /
Wo in dem Liebes=Thau / die Anmuths=Perlen prangen.
Sperrt nun dein Muschel=Schloß die Thore willig auf /
Und hemmt kein Widrig=seyn mir meinen Liebes=Lauff /
So soll das Liebes=Safft mit süssen Quellen fliessen.
Und sich mit vollem Strohm in deine Muschel giessen.

Celander

Man will die mannsüchtige Talestris im Bette sehen.

Neugierig bin ich nicht / doch dieses möchte ich
Von Hertzen gerne sehn wie die Talestris sich
  In ihrem Bette stellt / wenn ihr die Lüste kommen /
  Und ein verborgen Feur das Hertze eingenommen;
Ich glaube / ihr Gesicht wird dann wie Rosen blühn
Die Lippen werden sich mit Scharlach überziehn.
  Der zarte Busen wird steiff in die Höhe schwellen /
  Und so ein Schwaanen=Bett der süssen Lust vorstellen.
Die angenehme Schooß wird denn voll Feur seyn
Indem daselbsten zieht Cupido aus und ein.
  Die Flammen werden da als wie ein Hecla brennen /
  Daran ein lüstern Sinn sich wird erwärmen können.
In diesen Stande wolt' ich wohl Talestris sehn /
Ich wett' sie ist alsdann noch tausend mahl so schön /
  Als wie sie sonsten ist / wenn sich die Lilje leget
  Um ihre schöne Wang' und silber Früchte träget.
Doch wozu dient der Wunsch? da es doch nicht geschicht /
Talestris sehe ich in ihren Bette nicht /
  Wer in den schönen Port sein Liebes=Schiff will lencken /
  Der muß zum Ancker=Gold viel Lovys d'Oren schencken.

Celander

Liebes=Brief an seine Maitresse.

Ich schreibe / schönstes Kind / von Fleisch und Blut getrieben /
Vergib / wo dieser Brief zu frey gerahten ist!
Es heisset die Natur uns alle beyde lieben /
Ich weis / daß du mit mir von gleicher Regung bist.
Du darffst darüber dir gar kein Gewissen nehmen /
Was bildest du dir mehr als ander Menschen ein?
Weswegen wilt du dich vor deinem Schatten schämen?
Wie lange wilt du selbst auf dich tyrannisch seyn?
Du weist es Grausahmste / daß ich als Sclave lebe /
und gleichwol legst du mir erst schwere Ketten an /
Was soll die Jungfrauschafft / das leichte Spinn=Gewebe /
Das Ding / das jeder sucht / und niemand finden kan?
Laß deine Rosen bald im ersten Frühling pflücken /
Gedencke / daß sie nicht auf kaltem Eise blühn /
Die Liebe wil sich nicht zum spähten Alter schicken /
Es pflegt ihr nackend Kind im Winter weg zu ziehn.
Das Closter glaub es mir hat allzustrenge Lehren /
Dis ist kein Leben nicht / das mich und dich vergnügt /
Die Schönheit wird veracht / die keiner darf verehren /
Sie ist ein Götzen Bild / das in den Winckeln liegt.
Weswegen zeigst du mir die rundgewölbten Brüste?
Sie laden meinen Mund / und meine Finger ein /
Warum erhitzt du mich / und reitzest meine Lüste?
Wer kan ein Tantalus bey solchen Aepffeln seyn?
Wie offt betracht ich nicht die wunder schönen Gaben /
Und dencke bey mir selbst / dis siehet alle Welt /
Was muß nicht dieses Kind vor andre Sachen haben /
Die sie nicht zeigen will / und mir verborgen hält?

Du wirst dis Heiligthum doch ewig nicht verstecken /
Sonst geht die Süßigkeit mit deiner Jugend hin /
Und bist du es gesinnt vor einem auffzudecken /
So glaub ich / daß ich hier der allernächste bin.
Du darffst die Jungferschafft nicht mit zu Grabe tragen /
Ihr seyd von unserm Fleisch / und unserm Bein gemacht /
Doch solt es deine Schaam bey Tage mir versagen /
So gönne mir die Lust bey Schatten reicher Nacht.
Ich will mein Paradieß auch nicht im finstern fehlen /
Der angenehme Weg ist mir nicht unbekannt /
Indessen solt ich nicht die rechte Strasse wählen /
So sey du Führerin / ich folge deiner Hand.

Arismene verweiset ihm seine Dreistigkeit.

Nicht zu dreiste mein Lysander!
　Küßt die Brüste / so euch frey /
Bleibt bey diesen / laßt das Ander /
　Dencket / daß es heilig sey.
Laßt die geilen Griffe bleiben /
　Krönet lieber meine Brust /
Und last eure Finger treiben
　In dem Marmor=Meer der Lust.
Kühlet eure heisse Finger
　In des Busens zarten Schnee /
Er wird dadurch nicht geringer
　Sondern quillet in die Höh.
Spielet in den zarten Wellen /
　Kühlt euch in dem Perlen Thau /
Küßt der Wollust Lager=Stellen
　Auf der Brüste Rosen=Au.
Schaut Corallen auf Junkiljen
　Und den Türcks in Milch gesetzt;
Schmeckt die Anmuth / so die Liljen
　Meiner Brüste angenetzt.
Schützt den Eingang dieses Landes /
　Wo Rubin auf Perlen glüht /
Ehrt die Gegend dieses Strandes /
　So den Geist mit Lust versieht.
Wadet in dem Marmor=Meere /
　Dessen Wellen milchern sind /
Was ich allen hier verwehre /
　Wird euch nur allein gegünnt.
Füget euren Mund und Lippen

Diesen Himmels=Früchten bey /
Suchet von den Perlen=Klippen
Etwas / so euch Zucker sey.
Sauget als die zarten Bienen
Honig aus dem Tausend=Schön
Jener blühenden Jesminen /
Die auf meinen Hügeln stehn.
Krönet / küsset diese Ballen /
So die Anmuth Töchter nennt /
Laßt euch ihre Pracht gefallen /
Davon sich die Lust nie trennt.
Wartet diese Lust=Granaten /
Lacht die Edens-Aepffel an /
Wie ihr Schmuck so wohl gerathen /
Daß er Todten helffen kan.
Bleibt von dem verbohtnen Lande /
In dasselbe kommt ihr nicht /
Wohnet bey dem schönsten Strande
Da euch keine Lust gebricht.
Selbst die Anmuth will euch weiden /
Sie giebt alle Schätze frey /
Warum wolt ihr Mangel leiden
In der öden Wüsteney?
Bleibet in dem vollen Garten /
Da die Töpff mit Fleisch gefüllt /
Was! wolt ihr auf Paran warten
Wo der Thau den Hunger stillt?
Bleibet bey den vollen Brüsten /
Und verlaßt die leere Schoß;
Wer vertauscht um eine Wüsten
Wol ein schön geputztes Schloß?
Frost und Hitze könnt ihr finden /
In der Brüste Paradieß /
Flammen löschen und entzünden
Kan des Busens Silbern Vließ.
Seht wie Feur aus Eyse quillet

Heisser denn es AEthna hegt /
Doch der Brandt wird bald gestillet /
Daß sich seine Hitze legt.
Hecla heget Feur und Flammen /
Frost und Hitze reicht er dar /
Diese stehen auch beysammen
Auf der Brüste Brand=Altar.
Bald sind sie in Eyß geweltzet
Und dem Schnee in Ballen gleich /
Wenn die Hitze sie nun schmeltzet /
Sind sie am Vergnügen reich.
Und bey diesen Wechselungen
Bleibet doch die Anmuth hier /
Ja die Lust ist ungezwungen
In dem weissen Brust=Revier.
Drum so krönet diese Ballen /
Wo sich Lust und Anmuth regt /
Und verlaßt des Schoosses Hallen /
Die nur todtes Tauren hegt.
Schaut die Zwilling meiner Brüste /
So wie glatte Rehe stehn /
Sagt / daß sich eur Sehnen rüste
Dieses Wild im Netz zu sehn.
Meine Brüste sind wie Trauben /
Die noch nicht zerquetschet sind /
Davon könnt ihr Julep rauben /
Welchen man voll Anmuth findt.
Ihre Säffter sind viel besser
Als der angenehmste Wein /
Da ist das Verlangen grösser
Als es nach dem Wein kan seyn.
Schaut sie hier in Rosen weiden /
Da sie keine Sonne sticht /
Aus den Schatten reichen Heiden
Weicht die kühle Anmuth nicht.
Was den Zephyr übersteiget /

Und Ambrirte Winde bläßt /
Hier ein holdes Schicksahl zeiget /
So euch nichts ermangeln läßt.
Nehmet an mein süßtes Leben
Dieses zarte Lust=Gefild' /
Euch will ich die Brüste geben
Der Dionen Eben=Bild.
Schaut die Helffenbeinern Thürme
Als des Himmels Brust=Bild an /
Laßt / daß nicht mein Eyfer stürme /
Was die lose Hand gethan.
Hier steht euch mein Hold=seyn offen
So weit als die Brüste gehn;
Doch die Schooß läßt euch nichts hoffen /
Ja nicht einst das blosse Sehn.
Brechet von den Brüsten Früchte /
Hüllt die Hand in Sammet ein /
Eßt des Busens=Schau=Gerichte
Es soll euch vergönnet seyn.
Nur die Schooß / und ihren Häynen
Last Lysander unberührt /
Sonsten ihr ein Zorn=erscheinen
Uber eure Schädel führt.
Seht wie Amors Winde pfeiffen
Um der Brüste Wollust=Baum /
Schaut wie seine Aepffel reiffen /
Drum verlacht den Sodoms=Schaum.
So das todte Meer euch zeiget /
Und zum Unglücks=Koder braucht /
Dessen Lust zum Sterben neiget /
Und wie leichter Rauch verraucht.
Aber bey der Brüste Liljen
Findet ihr beliebte Lust /
Die kein Wetter kan vertilgen
Aus dem Garten meiner Brust.
Bey den Liljen / und Jesminen

Bey Granaten / und der Nelck' /
Jdumeens Rosen grünen /
Diese macht kein Unfall welck.
Daselbst ist die Zucker=Quelle /
Die mit Milch und Honig rinnt /
Und die Ambra reiche Stelle
Da man Lebens Stärckung findt.
Balsam / Musch und Specereyen
Wird auf diesem Bett gehegt /
Alle Tage sich von neuen
Da erneute Wollust regt.
Drum mein wehrter Schatz Lysander
Küßt die Brüste / so euch frey /
Dabey bleibet / last das Ander /
Denckt / daß es verboten sey.

LYSANDERS ANTWORT AN ARISMENEN.

Warum wird die Frucht des Lebens
Schönster Engel mir versagt?
Lieb' ich denn so gar vergebens?
Darf kein Griff nicht seyn gewagt?
Heisset das schon übertreten
Wenn man nur die Frucht angreifft?
Sollen denn Egyptens=Ketten
Niemahls werden abgestreifft?
Soll ein steter Sclave bleiben /
Mein so sehr entbrannter Sinn?
Darf ich nicht die Finger treiben
An das Land der Lüste hin?
Kan man das wol dreiste nennen /
Was die treue Hand verübt?
Die zum Opffer sich verbrennen

Hat man jederzeit geliebt.
So kan auch mein Unternehmen /
Gar kein Trieb der Geilheit seyn;
Denn zum Opffer sich bequehmen /
Nimmt nicht lüstern Geister ein.
Ist es nicht des Schoosses Ehre?
Wenn sie krönet meine Hand /
Weil ich ihr gantz zu gehöre /
Grüsse ich das schöne Land.
Wo sind wol die zarten Wellen /
So des Lebens Perlen thaun /
Und der Wollust Lager=Stellen
Als in ihrer Schooß zu schaun?
Durch das Opffer treuer Finger
Wird kein Heiligthum beschmitzt;
So wird auch ihr Schooß nicht ringer
Wenn sie meine Hand beschützt.
Schützt den Eingang dieses Landes /
Hat ihr Mund ja selbst gesagt;
Ehrt man nicht die Pracht des Strandes /
Vor den man sein Leben wagt?
Sündigen denn meine Hände
Wenn sie ihr Gebote thun /
Und als eigne Liebes=Pfände
Bey des Schoosses Eingang ruhn?
Israel geht durch die Wüsten
Aus der strengen Dienstbarkeit /
Solte mich denn nicht gelüsten
Auch zu seyn in Sicherheit?
Ist nicht in den Rosen=Gründen
Amors liebster Ruhe=Platz /
Und die dunckle Grufft zu finden
So verwahret seinen Schatz?
Tausend Lüste / tausend Freuden
Wohnen in der Marmor=Schooß /
Und die Myrthen gleichen Heiden

Ubergehn der Brüste Schloß.
Durch die Wüsten muß man gehen /
Wenn man will in Canaan /
Bey den Brüsten stille stehen
Nur zum Schein vergnügen kan.
Selbst die Seele kan es fühlen
Was sie da vor Lust geneußt /
Wenn sie kan daselbsten spielen /
Wo sie fast vor Lust zerfleußt.
Jene gingen durch die Wüsten /
Und durchs grosse rothe Meer
So macht meine Hand vom Brüsten
Sich durch Wüsten leer.
Zwar ich wil die schönen Ballen
Ihrer Brüste nicht verschmähn /
Aber durch die Wüsten wallen
Läßt weit grösser Anmuth sehn.
Wo ist wol der Wollust Garten
Ist es nicht die schöne Schooß?
Wo Lust und Ergötzung warten
Nur zu werden Zügel loß.
Und ist nicht die Schooß die Stelle?
Die uns alle Anmuth zolt /
Ist sie nicht die Feuer=Quelle?
Daraus AEthna Flammen hohlt.
Sie ist Pharos, Port und Leuchte /
Und das schöne Morgen=Land /
Ihre angenehme Seichte
Macht den Glückes=Strand bekandt.
Ihre duncklen Opffer=Hallen /
So ein Mirthen=Wald umgiebt /
Sind gezieret mit Corallen /
Deren Schmuck ein jeder liebt.
Marmor / Myrthen und Rubinen
Sind der Zierath ihrer Schoß /
Selbst die Anmuth muß ihr dienen /

Das Ergötzen macht sie groß.
Drum mein Engels=Kind vergönnet
Meiner Hand den Kröhnungs=Griff /
Gebt zu / daß man sie erkennet
Vor Dionens Muschel=Schiff.
Denn / als die kahm aus den Wellen
Schloß sie eine Muschel ein /
Dieses dadurch fürzustellen /
Daß sie solte heilig seyn.
Ja! ihr Ansehn zu vermehren
Ist sie in die Schooß gesetzt /
Will ich sie nun nicht verehren
So ist Cypris Recht verletzt.
Dieses heist die Muschel kröhnen
Als ein Opffer mit der Hand /
Und nennt jenes ein Verhöhnen /
Wenn man ihr den Dienst entwandt.
Drum / ihr Zierath aller Schönen /
Zürnet nicht mit eurem Knecht /
Wenn er eure Muschel kröhnen
Wollen nach der Venus Recht.
Werfft die Schaam mein Engel nieder /
Und seyd doch so spröde nicht /
Da dem Zierath eurer Glieder
Gar kein Überlast geschicht.
Jene Freyheit meiner Hände
Wird gantz unrecht ausgelegt;
Indem ich mich euch verpfände
Es der Geilheit Nahmen trägt.
Nicht zu strenge / hegt erbarmen /
Schliest den Freuden=Ort nicht zu /
Sonsten raubt eur Zorn mir Armen
Meiner matten Geister Ruh.
Brüste heissen Sodoms=Früchte /
Die im Schauen lieblich sind /
Aber ein vergnügt Gerichte

Man an ihrer Muschel findt.
Nicht zu strenge Arismene!
Ach / hegt doch Barmhertzigkeit /
Seyd so gütig / als ihr schöne /
So wird meine Brust erfreut.
Warum soll ich denn verderben /
Und im Feuer untergehn?
Bald im kalten Eyse sterben
Und mich stets gequälet sehn?
Führet meine treuen Sinnen
In den angenehmen Port /
Daß sie freudig sagen können /
Dieses ist der schöne Ort:
Da man kan in süssen Lüsten
Und in Anmuth truncken seyn;
Denn man schmecket bey den Brüsten
Allezeit gemischten Wein.
Was ist sonst der Lüste=Quelle?
Als ihr Schooß mein Engels=Kind /
Und die freuden=volle Stelle?
Da man Lebens=Stärckung findt.
Alle Tage sich von neuen
Da ein neu Ergötzen regt /
Und der rechte Liebes=Reyen
Wird in einer Schooß gehegt.
Nun weiß ich / daß Arismene,
Ihr mirs ferner nicht versagt /
Daß ich eure Schooß bekröne /
Da es Jdalis behagt.

Auf ihre Brüste.

1.
Englische Brüste
Nichts reichet mehr Lüste
Als ihr /
Den feurgen Rubinen /
Den weissen Jesminen,
Den wallenden Ballen
Den süssen Corallen
Kein Nectar und Honig / noch Zucker geht für.

2.
Milcherne Auen
Ihr lasset mir schauen
Die Frucht:
Darinnen verstecket
Was Anmuht erwecket.
Da man den Leim findet /
Der Seelen verbindet.
Und da man die Speise der Lieblichkeit sucht.

3.
Auf eure Hügel
Trägt Venus Geflügel
Die Saat:
Daraus denn entspringet
Was Lustbarkeit bringet /
Was jedem beliebet /
Was Lieblichkeit giebet /
Und süsse Vergnügung im Überfluß hat.

Celander

Er liebet sie.

1\.
Ich lieb dich schönstes Kind /
Der Anblick deiner zarten Wangen
Läßt mir ein solch Gefilde sehn /
Auf welchem Lilg= und Rosen stehn /
Die in der schönsten Blühte prangen.
Kein Schnecken=Blut ist zuvergleichen
Mit deiner Lippen Wunder=Pracht /
Womit die Schönheit selber lacht /
Vor deinen Mund Corallen weichen.
Ich lieb dich schönstes Kind.

2\.
Ich lieb dich schönstes Kind /
Von deinen Feuer=reichen Augen
Ist meine Seel in Brand gesetzt /
Aus dem / was deine Lippen nätzt /
Muß man den Liebes=Nectar saugen.
Es laben sich die matten Sinnen
An diesen angenehmen Fluß /
Durch den so sehr beliebten Kuß
Spührt man ein Rosen=Zucker rinnen.
Ich lieb dich schönstes Kind.

3\.
Ich lieb dich schönstes Kind.
Der Ort / wo Himmels=Blumen blühen /
Ist deine wunder=schöne Brust /
Die Aepffel ungemeiner Lust
Nach dieser zarten Gegend ziehen /
Ihr Anblick zeiget solche Früchte /
Woran die Anmuth selbsten baut /

Und fast einjedes Auge schaut
Nach diesen lieblichen Gerichte.
Ich lieb dich schönstes Kind.

4.

Ich lieb dich schönstes Kind.
Der Wunder=glantz der SchwaanenBrüste
Beschämt das weisse Helffenbein /
Es führet nicht so schönen Schein
Das Marmel=gleiche Stern=Gerüste;
Die Anmuths=Rosen / so sie decken
In solcher Pracht und Zierde stehn /
Daß ihr beliebtes Tausend=Schön
Verhöhnt das edle Blut der Schnecken.
Ich lieb dich schönstes Kind.

5.

Ich lieb dich schönstes Kind.
Du Eben=Bild der hellen Sonnen
Must mir auch eine Sonne seyn /
Die mit beliebten Glantz und Schein
Den Geist erquickt / den sie gewonnen
Kan ich mich an den Blicken laben /
Und küsse ich die schöne Brust /
So schmecke ich die frohe Lust /
Wodurch man kan den Himmel haben.
Ich lieb dich schönstes Kind.

6.

Ich lieb dich schönstes Kind.
Laß mir den Liebes=Garten offen /
Der lauter Lebens=Früchte trägt /
Und so viel Anmuth in sich hegt /
Daß man nicht darf vergebens hoffen.
Gedenck' ich an die seltnen Schätze /
Die dein verborgnes Eiland giebt /
So bin ich froh / und doch betrübt /
Weil ich mich nur im Traum ergötze.
Ich lieb dich schönstes Kind.

7.

Ich lieb dich schönstes Kind.
Erhöre doch mein süsses Leben
Das Flehen / so dein Knecht ausstößt /
Die zarte Brust sey mir entblößt /
So Milch und Schnecken=Blut umgeben /
Daraus du Zucker=Lust den Seelen
Und holde Anmuth flössest ein /
Alsdenn verschwindet jene Pein /
Womit sich meine Sinnen quählen.
Ich lieb dich schönstes Kind.

Celander

Als er ihre Brüste küsste.

Blondine deiner Brüste Kuß /
Hegt mehr von süssen Uberfluß
  Als tausend Zucker=Fladen
  Und theure Marmeladen.
Mehr Süssigkeit quilt aus dem Schnee
Der Brüste / als aus Hyblens Klee /
  Die Feige wird zur Schleen
  Kein Honig kan bestehen /
Daß nicht zu Gall und Wermuth wird
Wenn es der Brust wird beygeführt.
  Der Wein wird schlechte Pfütze
  Das Manna Haber Grütze /
Dem Ambrosin und Nectar Safft
Benimmt dein Busen alle Krafft /
  Dein unbefleckte Brüste
  Die Zinsen Himmels=Lüste.

Das süsse Sterben der Verliebten.

Stirb nur / Amando stirb / die Lust steht dir zur Seiten /
Die schöne Marmor=Brust will dir das Grab bereiten:
O wunderschöner Tod! glücksehlig wer so stirbt /
Und in der hohlen Schooß ein süsses Grab erwirbt
Man stirbt indem man lebt / man geht in Wollust unter /
Und wird nach solchen Tod zu neuen Freuden munter.
Besteige nur das Grab / erfüll die schöne Grufft /
Denn der ist recht vergnügt / der so im Grabe dufft.

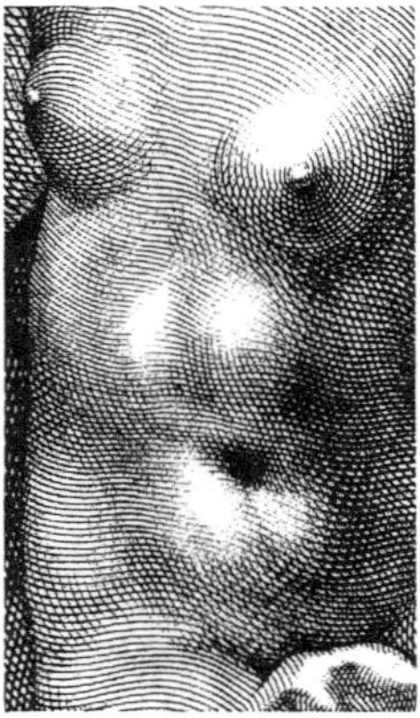

Johann Christian Günther

An seine Schöne.

SO wenig eine junge Rebe
    Des Ulmbaums Hülffe missen kan,
    So wenig ficht der Neid mich an,
Daß meine Brust ihr Abschied gebe:
    Mein treues Hertz ist ein Magnet,
    Der nur nach einem Pole steht,
Dein Nord=Stern leitet meine Liebe,
    Ich leb' und sterbe dir getreu,
    Wenn gleich der Schickung Tyranney
Mich heute noch ins Elend triebe.

Eröffne mir das Feld der B = = [Brüste]
    Entschleuß die Wollust=schwangre Schooß,
    Gieb mir die schönen Lenden bloß,
Bis sich des Monden Neid entrüste!
    Die Nacht ist unsrer Lust bequem,
    Die Sterne schimmern angenehm
Und buhlen uns nur zum Exempel,
    Drum gieb mir der Verliebten Kost,
    Ich schencke dir der Wollust Most
Zum Opffer in der Keuschheit Tempel.

Die Zeit kommt nimmermehr zurücke,
    Wenn sie schon einmahl sich verkreucht,
    Und die Gelegenheit entweicht
In einem kurtzen Augenblicke;
    Wer weiß, wer dich in einer Frist
    Von vier und zwantzig Wochen küßt?

Wie bald kan mich ein Stahl entleiben,
Denn wird dein angenehmer Mund,
Der meiner Sehnsucht offen stund,
Mit andern sich die Zeit vertreiben.

Jedoch soll mich der Tod entreissen,
Du aber meine Leiche sehn,
So soll mir doch der Wuntsch geschehn,
Dir in der Grufft getreu zu heissen;
Mein Blut soll dir beständig seyn
Und meines Cörpers Leichen=Stein
Wird diese Grab=Schrifft nie verliehren:
Hier schläfft mein Kind! dein Ander Ich,
Dem wenig, glaub' es sicherlich,
Den Preiß der Redlichkeit entführen.

Johann Christian Günther

Auf einen Kuss.

ICh weiß, geliebtes Kind!
Daß meine Treu im Küssen,
Daß meine sanffte Bissen
Dir gantz zuwider sind:
Doch warum willst du mich nicht brünstig küssen lassen,
Ich soll bey dir was mehr als Mund und Lippen fassen.

Johann Christian Günther

An seine erzürnte Schöne.

MEin Vergnügen geht zu Grabe,
  Meine süsse Hofnung stirbt:
Weil ich was verbrochen habe,
  Das mir Fall und Tod erwirbt.
Schönster Engel! Ach Louise!
  Deine sonst beliebte Hand
Stöst mich aus dem Paradiese
  In ein dürres Hunger=Land.

Ach Louise! deine Küsse,
  Die mein Mund zuvor geschmeckt,
Waren wir [!] wie Manna süsse
  Und mit Edens Thau bedeckt:
Ja zu diesem Frey=Gerichte
  Ludest du mich selber ein,
Deiner Schönheit Rosen=Früchte
  Solten mir ein Garten seyn.

Dieser Garten wird zur Wüsten,
  Und dein Auge mir zur Nacht:
Denn ein Griff nach deinen B = = [Brüsten]
  Hat dich so erzürnt gemacht.
Solcher Aepffel Milch=Corallen
  Heissen die verbothne Frucht,
Die ich auf den Marmor=Ballen
  Mir zum Tode selbst gesucht.

Ach Louise! soll ich sterben?
  Ist ein Griff des Todes wehrt?

Ach! so sieh, daß mein Verderben
  Auch nicht deine Lust verzehrt.
Nach der ersten Eltern Falle
  Fiel auch Edens Anmuth ein,
Deine Schönheit kan dem Balle
  Der Verändrung ähnlich seyn.

Zwar du heissest mich zum Schertze
  Nur des Todes Ebenbild:
Ach! so tödte doch mein Hertze,
  Schönster Engel! wenn du wilt!
Laß mich nur die Gunst erwerben.
  Gönne mir den guten Tag,
Daß ich noch bey meinem Sterben
  Dein Getreuer heissen mag.

Sencke meine Schuld der Lüste
  In dein tieff Erbarmen ein!
Laß den Schnee gewölbter B = = [Brüste]
  Meine Todten=Bahre seyn!
Deines leibes rundte E = = [Enge]
  Zeige mir mein Grabmahl an,
Daß ich nach beliebter Länge
  Wieder aufferstehen kan.

Johann Christian Günther

Als sie ins Kloster ziehen wolte.

SOll, kluge Schönheit! dein Vergnügen
Mit deiner Brust ins Kloster gehn?
Wie? soll der Garten Brage liegen,
Auf welchem Zucker=Rosen stehn?
Was wilt du, da sich andre freuen,
Mit Fasten deinen Leib casteyen?

Ach, schönes Kind! die enge Zelle
Ist deiner Hoffnung weites Grab:
Hier wächst und ist die Quaal der Hölle;
Hier nimmt der Kern des Lebens ab,
Und in den langen Kirchen=Mauren
Muß auch Canari=Sect versauren.

Das Jungfern=Honig nährt die Galle,
Die Einsamkeit gebiehrt den Tod:
Die Jungfrau schwindet vor dem Falle,
Und leidet vor dem Leiden Noth.
Der Rosen=Krantz, der Freyheit Ende,
Beschwehrt der Nonnen Hertz und Hände.

Komm! laß dich in ein Kloster führen,
Worzu der Abt den Schlüssel trägt,
Und Amor über alle Thüren
Diß in erhabner Schrifft geprägt:
Zu unsrer lieben Frauen Orden
Ist dieser Ort gewidmet worden.

Den Altar geben deine B = = [Brüste]
Das Rauchwerck glüht in deiner Schooß:
Hier stillen wir des Fleisches Lüste
Und dämpffen sie auf einen St = = [Stoß]
Biß wir durch ein geschwächtes Küssen
Auch in das Complet treten müssen.

Johann Christian Günther

Als ein Paar Eleonoren einander küssten.

IHr schönen Kinder! sagt, wo kommt die Sehnsucht her,
Euch, die ihr Jungfern seyd, einander selbst zu küssen?
Ja! wenn halb Frau, halb Mann, an euren Gliedern wär,
So thätet ihr noch recht, die seltne Lust zu büssen.
Allein bedenckt es doch, das ist nur Brodt zu Brodt;
Kein Frauenzimmer kan bey seines gleichen fühlen,
(Ich bitte, werdet nicht, bey dieser Zeile roth!)
Wie zärtlich und entzückt verliebte Seelen spielen?
Begehrt ihr rechten Schertz, so hört den guten Rath,
Und last mich zwischen euch und eure Küsse liegen;
So wahr ich ehrlich bin, ich will auf frischer That
Mit Nachdruck euren Geist viel zärtlicher vergnügen.
Nur fraget nicht voraus, wer diesen Reim gesetzt;
Es ist zum wenigsten ein Mensch, der euch verehret,
Und der euch, wo ihr ihn des Umgangs würdig schätzt,
Vielleicht manch schöner Ding, als ihr einander, lehret.

Johann Christian Günther

Hochzeit=Schertz, Nach Anleitung des Lateinischen aus dem Johanne Secundo.

DA habt ihr die Zeugin vom ewigen Bunde:
Da kommt nun, da ist nun die seelige Stunde!
  Da schickt sie die Vorsicht, da wältzt sie der Lauff
  Des milden Gestirnes von Osten herauf.
Die Stunde der Wollust, die Freundin vom Lachen,
Die Mutter voll niedlich= und künstlicher Sachen;
  Die Stunde, worinnen die reichliche Gluth
  Die Schätze der flüchtigen Jugend verthut;
Die Stunde, worinnen Umarmung und Schmeicheln,
Behägliches Schäckern, empfindliches Heucheln,
  Und stärkender Athem, und brünstiger Wind,
  Und redliches Schnäbeln verschwenderisch sind.
Die Stunde, dergleichen wohl Götter begehrten,
Die Venus und Juno kaum schöner gewährten;
  Die Amors Verwaltung der lebenden Welt
  Am Tage der Ehren kaum besser bestellt;
Die Stunde, die Venus nicht zierlicher schmücket,
Die Stunde, die Hymen nicht reicher beschicket,
  So bald er ein Mägdgen, das grünet und blüht,
  Dem Schoosse der närrischen Mutter entzieht,
Und solches, wie schwer sich die Alte bequemet,
Und solches, wie sehr sich die Jüngere schämet,
  Der männlichen Inbrunst zur Aufsicht vertraut.
  O glücklicher Jüngling! o selige Braut!
O glücklicher Bräut'gam! dem Ausschlag und Lieben

Die Ruder der Sehnsucht in Hafen getrieben.
  Eröffne den B = = [Busen] so weit du nur willt,
  Er wird dir mit Englischer Schönheit erfüllt.
Ihr Antlitz beschämet die grosse Dione,
Verdienet die Helffte von Jupiters Throne,
  Und gleicht sich der Göttin mit Pantzer und Spieß,
  Die ehmahls die heilige Stirne verließ.
O liessen sich ietzo drey zanckende Frauen
Nebst deiner Vermählten an Ida beschauen!
  O solte noch einmahl sein bergichter Hayn
  Vier nackenden Schönen ein Muster=Platz seyn!
So schör ich bey allem, was lebet und liebet,
Wo anders der Paris Gerechtigkeit übet,
  Daß diese, sein Engel, den Apffel gewinnt;
  O glücklicher Jüngling! o himmlisches Kind!
O seltenes Beyspiel der glücklichsten Bräute!
Nun ruht dir dein heisses Verlangen zur Seite;
  Es labt dich dein Liebstes; es schenckt dir die Gunst
  Der weisen Vorsehung die würdigste Brunst.
Es schüttert, es freut sich dein doppeltes Bette,
Als wenn es des Glückes Empfindlichkeit hätte.
  Nun liebe den Lieben; nun drück und behalt
  Den willigen Sclaven in süsser Gewalt.
Es reitzt ihn der Aufruhr der blühenden Lüste,
Der jauchzenden Hügel, der hüpffenden B = =
  Es zieht ihn der Haare gewaltiges Gold,
  In welche die Sonn' ihren Haupt=Schmuck gerollt.
Es brennt ihn der Augen verschwiegnes Geschwätze;
Nun jagt er die Freyheit, nun laufft er ins Netze.
  Er trug sich mit Wünschen, verblich in der Gluth,
  Und lechtzte nach Quellen benöthigter Fluth.
Jetzt schilt er des Tages beschwerliche Länge;
Jetzt wird ihm der Kleider Gefängniß zu enge;
  Er dehnt sich, er wartet, er sehnet und schreyt:
  Ach! komm doch du Auge der nächtlichen Zeit!
Schweig, hitziger Jüngling! du brauchst wohl die Kräffte;

Das Seufzen vertrocknet die nützlichen Säffte:
Vertröste die Sehnsucht, und stille den Schmertz,
Der weichlichen Venus bricht selbsten das Hertz.
Ihr Mitleid erhöret der Ihrigen Plagen,
Ihr Mitleid erhört schon dein ängstliches Klagen;
Die Sonne beschleunigt den Abzug und sinckt,
Nachdem sie vorhero dem Bruder gewinckt.
Der Hesperus, dessen versilberte Wangen
Der innig=verliebte mit Regung empfangen,
Betritt den Gesichts=Kreyß der obersten Welt,
Und führet die Sterne durchs ewige Feld.
Nun schleichet dein Schätzgen mit wankendem Schritte,
Nun schleicht sie zu Bette, nun misst sie die Tritte.
O welche Veränderung droht ihr der Ort!
Auf künfftiger Ehmann und mache dich fort,
Und laß sie nicht etwan im Krantze zurücke.
Sie zittert, sie bebet, verkleinert die Blicke,
Vor Warten der Dinge, die ietzo geschehn;
Sie grämt sich zu fühlen, und scheut sich zu sehn,
Verhüllet den Wohlstand der züchtigen Röthe;
Und bin ich im Lieben kein fremder Poete,
So meyn' ich, es lock' ihr der nahe Verlust
Die frühe Bereuung aus Augen und Brust.
Verfolge sie kühnlich, und laß dich nicht irren,
Betäub ihr die Seufzer durch Küssen und Kirren;
Verschluck ihr den Kummer, verzehr ihr die Pein,
Und sauge die Thränen der Jungfrauschafft ein.
Empfängt nun der Braut=Pfiehl die reitzenden Glieder,
Und zieht dich ihr artiges Lager darnieder,
So bist du vergnügter und glücklicher dran,
Als böthe dir Mogol sein Cronen=Gold an.
Ich wenigstens wäre noch besser zufrieden,
Als wenn mir gleich Anna drey Reiche beschieden.
Hier mache das Vorspiel, hier spitze die Hand,
Und bringe das Haupt=Werk der Wollust in Stand.
Erhitze die Adern durch sanfftes Bewegen,

Und klatsch' ihr die Backen [mit freundlichen Schlägen,
  Und küß ihr die Augen] und netz ihr das Kinn;
  Bald grüble von weitem, bald wältze dich hin;
Bald strecke den Vorwitz der listigen Finger,
Bald kneipe die r = = [runden] und w = = [wonnigen] Dinger,
  Und küsse nach vieler Erfindung und Art,
  Und forsche, was Amor am tieffsten verwahrt.
Besinn ich mich richtig, so wird sie dich straffen;
So dichtet sie Anfangs ein nöthiges Schlaffen:
  So nennt sie dich lose; so zückt sie und rückt,
  So weit sichs im Bette der Breite nach schickt.
Sie droht dir und droht nur, sie will sich erbossen;
Sie stemmt sich den Angriff zurücke zu stossen;
  Sie wehrt sich mit Thränen, sie krümmt sich und spricht,
  Und weinet darzwischen: Ach! thu es doch nicht!
Doch thu es nur immer, und halt ihr die Armen:
Denn hieher gehört nicht des Nechsten Erbarmen.
  Sie streitet, du streitest, ihr streitet zugleich;
  Durch Streiten und Kämpffen mehrt Venus ihr Reich.
Durch Streiten und Kämpffen wächst Cypripors Stärcke;
Die Stunden verfliessen; drum schreitet zum Wercke,
  Und brauche so bald du den Vortheil erlernst,
  Den lieblichen Noth=Zwang, den schertzenden Ernst.
Erhasche den weichen und fliehenden Nacken,
Es mag auch sein Wiederstand noch so sehr knacken,
  Und prüfe die Schönheit der gantzen Person;
  Ein Diener der Liebe besichtigt den Lohn.
Bald sencke dich unten, bald breite dich oben,
Verwechsle die Glieder, versuche die Proben:
  Sey immer geschäfftig und überall da,
  Und bring es dem ehrlichen Kinde so nah,
Bis hinten am Rücken und fornen am Leibe
Kein eintziges Fleckgen entschuldiget bleibe;
  Vom Nacken zum Halse, vom Halse zur Brust:
  Hier bläst dir ein Zephyr die Fäuste voll Lust,
Noch tieffer, noch weiter, noch mehr zu ergründen;

Ich darff es nicht nennen, du wirst es wohl finden.
  Hierunter hat Venus ein Wunder gesenckt,
  Und Flammen und Funcken zusammen gemengt.
Umgieb es mit tausend ersinnlichen Spielen;
Es läst sich nicht nennen, es läst sich nur fühlen.
  O würde dem Dichter das Muster gebracht!
  Er hätte den Abriß natürlich gemacht.
Vergiß auch nicht Amors beredtes Gefallen,
Die schlüpfrigen Reden, das zärtliche Lallen:
  Hie zieren die Fehler der Sprache den Mund;
  Hier thut sich die geile Gelehrsamkeit kund.
Verbessre das Stammeln, verbeiß und vermische
Das buhlrische Spritzeln, das geile Gezische:
  So girren die Täuber, so lispelt der West,
  Wenn Mittag und Sommer die Wälder verläst.
So bald nun die Pfeile des mächtigen Knaben
Den kindischen Eckel gebändiget haben,
  So giebt sie es näher, so giebt sie sich drein
  Im Purpur der Keuschheit gefällig zu seyn.
Drauf flicht sie wohl selber die fleischlichen Schlingen:
Sie wegert [!] sich fälschlich, du sollst sie nur zwingen.
  Denn so überwunden heist siegreich gemacht;
  O dreymal und drüber bestätigte Nacht.
Jetzt wird dir der Nectar am herrlichsten schmecken;
Jetzt wird dir ihr Mäulgen erst Hunger erwecken,
  Ihr Mäulgen, der Erstling so baldiger Frucht,
  Von welcher kein Räuber zu kosten gesucht.
Nun lernt sich die furchtsame Schönheit bequemen,
Entzückung zu geben, Entzückung zu nehmen:
  O selige Ruhe! o himmlisches Bild!
  Das gleiche Vergnügung mit gleicher vergilt.
Jetzt hauchen die Lippen ein kräfftiges Leben;
Jetzt suchen die Seelen am Gaumen zu kleben;
  Jetzt taumelt der einmahl begierige Geist,
  Wohin ihn die blinde Gelegenheit reist.
O Himmel! was hör ich vor geitzige Küsse!

O Himmel! was rauschen vor kräfftige Flüsse!
  O Himmel! wie kützelt das züngelnde Spiel!
  O Liebe! wie machst du der Freuden so viel!
Jetzt nimmt sie den Finger, o solt er mich rühren!
Die künstliche Freyheit herum zu spatzieren.
  Jetzt dehnt sie den Zeiger, ietzt zieht sie ihn zu;
  O dreymal und drüber beseligte Ruh!
Ergreifft doch, rufft Amor, ergreifft doch die Waffen!
Mein Bräutgam soll köstliche Beute verschaffen:
  Nur mache dich fertig und tritt ins Gewehr,
  Die friedliche Feindin rückt plötzlicher her.
Bemüh dich die schleudernde Lantze zu sencken,
Ihr Christlicher Blut=Durst begehrt sich zu tränken:
  Jetzt springt sie, ietzt schnappt sie, ietzt reisst sie sich loß,
  Erlaub ihr doch endlich den sehnlichen = = [Stoß]
Begleite den Nachdruck mit Hüfften und Händen,
Befördre die Arbeit der hurtigen Lenden:
  Versüß es dem Mägdgen, gewähr ihr den Mann,
  Und streich ihr die Nieren, bis keines mehr kan,
Bis Geister und Glieder verschäumen und weichen,
Bis Nerven und B = = [Brüste] sich legen und keichen,
  Bis Nebel und Schlaffen das Auge verstellt,
  Und Schlummer und Ohnmacht den Willen befällt.
O schwenckt doch noch öffters die brünstigen Schenckel!
Zieht ähnliche Kinder, zeugt Neffen und Enckel;
  Damit sie, bricht endlich das Alter herein,
  Verdrüßlichen Jahren ein Zeit=Vertreib seyn.
Sie stützen euch künfftig den biegenden Rücken,
Sie werden euch unter den Sorgen erquicken;
  Und, wenn sie euch langsam als Leichen beschaun,
  Nach eurem Exempel die Nach=Welt erbaun.

N°. 1

VENUS GENITRICE.

Nachwort

Die Herzwurzel der Poesie
oder
Die barocke Palinodie auf den Körper als Leiche

In der Einleitung der in seinem Todesjahr 1679 in Breslau erschienenen Werkausgabe »Deutsche Übersetzungen Und Getichte« läßt uns Christian Hoffmann von Hoffmannswaldau (*1616) wissen:

»Daß ich eben auf verliebte Sachen in meiner Poësie gerathen / ist nicht zuverwundern / ich weiß gar wohl / das Gedichte in allerhand Bewegungen des Gemüthes / und von allerhand Arthen geschrieben werden können / doch scheinet es daß die Poësie überall Frembdling / und in dem Lande der Liebe alleine zu Hause ist / und saget ein gelehrter Ausländer nicht ungereimt / daß man der Poësie mit Entziehung der LiebesSachen die Hertzwurzel versteche / und hergegen der Liebe durch Entziehung der Poësie den lieblichsten Blumengarten verschlüssen würde«. [X a) Bd.I,2. S. (433/34)]

Alle die Gedichtarten, die aus den von Hoffmannswaldau erwähnten diversen Bewegungen des Gemüts geschrieben werden können, sind, durchblättert man die fast 1000 Druckseiten der Ausgabe, zeittypisch und muten uns heute sehr fremd an. Es finden sich neben den Übersetzungen des ersten Teils, die eher dem dramatischen Sektor zuzurechnen sind, im zweiten Teil unter den lyrisch-poetischen Produkten im engeren Sinne »Begräbnüß-Gedichte«, »Geistliche Oden«, »Poetische Geschicht-Reden«, »Poetische Grab-Schriften«, »Vermischte Gedichte«, die »Helden-Briefe« und »Hochzeit-Gedichte«. »Verliebte Sachen«, also die Gedichtart, bei der doch bis heute, von gelegentlichen Einbrüchen und Zweifeln abgesehen, einiger Konsens besteht, der das Überleben gerade dieser Gedichtart auch für alle Zukunft sichern könnte, lassen sich jedoch nur schwer ausmachen. Sowohl die »Helden-Briefe«, eine Gedichtart, deren Patent Hoffmannswaldau genuin für sich reklamierte, als auch die Casual- oder Gelegenheitsart der »Hochzeit-Gedichte« dürfen nämlich nicht eigentlich den »Liebes-Sachen« zugerechnet werden. Natürlich sind es Poesien »aus dem Lande der Liebe«, aber Liebesgedichte in unserem heutigen Verständnis sind das keineswegs.

Wo also finden sich jene Exemplare, sprich Arten und Sorten aus dem lieblichen Blumengarten, die die Liebe stets verschwenderisch zu Kränzen und Sträußen windet? Da sie vermutlich kaum unter den Begräbnisgedichten oder den Grabschriften eingeordnet sein dürften, bleibt als letzte Möglichkeit die Rubrik »Vermischte Gedichte«, in der sich »verliebte Sachen« finden ließen. Aber auch dort bestimmen die »Buß-Gedanken«, Gedanken über den »Unbestand des menschlichen Lebens« und den Tod den Grundtenor der Abteilung, und nur ein einziges Gedicht mit dem Titel »Die Wollust« scheint das Lob jener Gemütsbewegung zu singen, die als der Garant der Dichtung erachtet wird und als poetische Form zum Lebensnerv, zum Kernstück oder eben zur Herzwurzel der Poesie bestimmt wird.

Ist das nicht ein eklatanter Widerspruch zu der einleitenden vollmundigen Bestimmung des Dichters, vor allem, da sich dem Lobgesang der Liebe, des Weines und der Welt sofort der Gegengesang, der Widerruf, die Palinodie anschließt? In gleicher Vers- und Reimform sowie gleicher Strophenzahl folgt das Lob der Selbstüberwindung, die anders auch »Die Tugend« heißt. Der Nivellierung und Wegrationalisierung des Widerspruchs unerachtet, der den Widerruf aus dem Spielcharakter der Zeit oder – höhergehängt! – aus dem berühmten antithetischen barocken Lebensgefühl erklären möchte, bleibt von heute her ein zusätzlich großes Mißverständnis zu beheben. Wenn der barocke Dichter von »Liebe« und »LiebesSachen« spricht, so ist mit dem Terminus wohl eine gleichklingende Münze im Umlauf; ihr Klang allerdings suggeriert nicht »Liebe als Passion«, ein emphatisch-pathetisch gesteigertes Gefühl aus der Individuation, gar romantische Liebe, sondern »plaisir d'amour« oder, was die Modewörter der Zeit abzudecken bemüht sind: Galanterie und Wollust. Nicht die Entdeckung der Liebe, jenes Kontinents jenseits des Sexus, ist die Leistung genuin des Dichters Hoffmann von Hoffmannswaldau, sondern die Entdeckung der Erotik als einer zivilisatorisch gebrochenen Äußerung des Sexus. Diese Entdeckung dokumentiert nicht die Werkausgabe von 1679, sondern erst die viel spätere sogenannte »Neukirchsche Sammlung«.

Erotik liegt – ungleich der Liebe – nicht jenseits der dem Menschen mit allen Tieren gemeinsamen Triebstruktur, sondern stellt wie Hygiene, Kochkunst oder das Begraben der toten Artgenossen kulturelle Überhöhung der Kreatürlichkeit dar, Überhöhung zumeist des Somatischen und insbesondere jener neuralgischen Stellen unserer Anatomie, die vornehm Körperöffnungen heißen und die zu beherrschen ganz wesentlich den individuellen und kollektiven Prozeß der Zivilisation ausmacht. Deshalb ist das System der Erotik im Gegensatz zu dem der Liebe an Kategorien gebunden, die anders als die auf Transzendenz zielenden Kategorien der Liebe (Innerlichkeit, Psyche, Seele, Einzigenliebe, Dauer, Ewigkeit) sich stets an Äußerlichkeiten, an äußerer Schönheit, an Zeichen des Körpers, des Materiellen und Visuellen orientieren. Eine Annäherung an jene Transzendenzbereiche, die die Liebe zu berühren hofft, ist nicht ausgeschlossen, aber keinesfalls auch nur Richtschnur, allein schon, weil die Grundgegebenheit dieser alles in allem Lust nicht sublimierenden, sondern sogar zur Wollust steigernden Kulturleistung auf dem Strukturgesetz der Temporalität der Liebe beruht. Nicht der gemeinsame Tod als Erreichung der Ewigkeit ist das Ziel, nur der sogenannte »kleine Tod«. Der ist erwünscht; die *via amoris* schreibt ihn – *visus, allocutio, tactus, basium sive suavium, coitus* – zwingend vor. Aber die Blicke, verliebten Gespräche, die Berührungen und die Küsse leugnen gerade in ihrem Zielpunkt, dem Koitus, die Dauer des einmaligen Augenblicks als Ewigkeit jenseits der Zeit, da der »kleine Tod« umgekehrt Dauer als ewige Wiederholung und Variierung des Augenblicks, sprich der Zeit, gewährleisten möchte.

Im Zentrum des erotischen Kontinents stehen der Körper und sein problematisches Verhältnis zur Zeit, und als Gegensatz ist nicht das Land der Liebe zu imaginieren, gar die Bereiche der Tugend und Sittlichkeit, sondern auf dem Kontinent, der die Kehrseite der Medaille abgibt, bestimmt nicht minder Körperlichkeit und Zeit das Terrain: dort geht es analog um die Leiche und nicht minder um die Zeit, die als die Furie des Verschwindens mit der Furie des Somatischen im Kampfe liegt. Beide Furien werfen auch über den erotischen Kontinent ihre Schatten.

Die wirkliche Palinodie zum Lobgesang auf die Wollust, die im Spätbarock unentwegt entdeckt, daß in Entdeckung und Aufdeckung der intimsten Zonen des menschlichen und vor allem des weiblichen Körpers und der erogensten Zonen seiner Anatomie der »Kern der Welt« versteckt ist, den es reichlich zu genießen gilt, lautet deshalb vielmehr so:

16.
0 Schauspil! ob dem mich die Welt
Vnd was die Welt hoch schätzt anstincket!
Ob dem mein Hochmuth nieder fällt
Vnd Muth vnd Wahnwitz gantz versincket!
Sind diese die / die vnser Land
Beherrscht / getrotzt / gepocht / geschätzet!
Die Dolch vnd Spiß vnd Schwerdt gewetzet /
Die stets gedruckt mit Stahl vnd Brand? (...)

22.
Ich finde meistens nichts vor mir /
Als gantz entfleischete Gerippe!

Hirnscheitel sonder Haar vnd Zier /
Antlitzer sonder Naß' vnd Lippe
Vnd Haupter sonder Haut vnd Ohr /
Gesichter sonder Stirn vnd Wangen /
Die Leffzen sind in nichts vergangen /
Noch wenig Zähne ragen vor.

23.

Der Hals- vnd Rückenbeiner Rey
Hangt ja noch so vnd so beysammen /
Von Adern / Fell vnd Mausen frey /
Die Rippen, so herausser stammen
Beschlissen nicht mehr ihre Brust /
Die Ihrer Schätze gantz entleret /.
Die Eingeweide sind verzehret /
Verzehrt deß Busens doppel=Lust.

24.

Was nützt der Schultern Blätter Paar
Der Armen Röhr ist sonder Stärcke
Vnd, was deß Menschen eigen war /
Die Hand / das Werckzeug höchster [Wercke / (...)

25.

Die Schoß ist ledig / Hüfft vnd Schin /
Vnd Fuß vnd Fußbrett nichts als Knochen /
Holl / vngestalt / vnd gelblich grün
Vnd dürr als Scherben / die zerbrochen.
In tausendfacher vngestalt /
Ist doch gleich' zu kennen!
Wehn sol ich hoch / wehn edel nennen?
Wehn schön / arm / kunstreich / jung vnd Alt?

26.

Vnd diese sinds / an den die Zeit
Ihr grimmes Recht hat außgeführet.
An welchen Tod vnd Sterbligkeit
Auch den geringsten Raub mehr spüret;
Wie viel mehr häßlich ist die Schaar
Die noch mit der Verwesung ringet /
Die nach vnd nach die Fäule zwinget /
Die vns kaum liß vor diesem Jahr!

27.

Der Locken Schmuck fleucht vnd verfällt /
Die Flechten sind verwirrt vnd stieben;
Kaum was die feuchte Haut anhelt /
Ist vmb die öffnen Schläffe blieben!
Der Augen außgeleschtes Licht
Beginnt sich scheußlich zu bewegen /
Durch innerlicher Würmer regen /
Die Nase rümpft sich vnd zerbricht.

28.

Die zarten Wangen schrumpfen eyn /
Könbacken Zung' vnd Zähne blecken /
Der Leffzen ihr Corallenschein /
Ist gantz verstelt mit schwartzen Flecken.
Die Stirne reist. Deß Halses Schnee
Wird Erdfarb / wie wenn nun die Sonnen
Dem strengen Frost hat abgewonnen
Vnd heisser stral't von ihrer Höh'.

29.

Was lispelt durch der Kähle Röhr?
Was merck ich in den Brüsten zischen?
Mich düncket / daß ich Schlangen hör
Mit Nattern ihr Gepfeiffe mischen.
Welch vnerträglich=fauler Schmauch
Erhebt sich durch die bangen Lüffte!
Geschwängert mit erhitztem Giffte!
So dämpft *Aornus* hel'scher Rauch. (...)

31.

Der Därmer Wust reist durch die Haut /
So von den Maden gantz durch bissen;
Ich schau die Därmer (ach mir graut!)
In Eiter / Blut vnd Wasser fliessen!
Das Fleisch / das nicht die Zeit verletzt
Wird vnter Schlangen=blauen Schimmel
Von vnersätlichem gewimmel
Vielfalter Würmer abgefretzt. (...)

34.

Ach Todten! ach was lern ich hier!
Was bin ich / vnd was werd ich werden!
Was fühl vnd trag ich doch an mir
Als leichten Staub vnd wenig Erden.
Wie lange wird mein Cörper stehn!
Wie bald werd ich die Jahre schlissen!
Wie bald die Welt zum Abscheid grüssen /
Vnd aus der Zeiten schrancken gehn.

Der Schrecken und das Grauen, die Andreas Gryphius hier in seinen »Kirchhofsgedanken« von 1657 formuliert [VII Bd.3: Vermischte Gedichte, S. 9–14], ist kein metaphysischer Schauer vor Himmel, Hölle, Gericht und Jenseits, nicht einmal vor dem Sterben und dem Tod, sondern vor dem *factum brutum* des menschlichen Körpers als Leiche. Ihr, dem Erdenrest, der Hülle, bzw. ohne euphemistischen Beiklang, dem Kadaver, gilt der Gegengesang, der nicht minder wie alle »Liebes-Sachen« der Zeit unter Zuhilfenahme des vielbemühten petrarkistischen Systems geschrieben ist (Haar, Stirne, Augen, Wangen, Mund, Lippen, Zähne, Zunge, Hals, Schultern, Arme, Hand, Busen und Schoß). Er setzt gegen die systematische Überhöhung des Kreatürlichen – gegen den ›Corallenschein der Lippen‹, gegen des ›Halses Schnee‹, der ›Locken Schmuck‹, des ›Busens doppel=Lust‹ –, gegen die Veredelung, Intensivierung und Verfeinerung aller Farben, des Materials und der Glanzwirkungen des Körpers in den bekannten Epitetha und Metaphern eine/seine komplementäre Attributwelt, die von der Furie des Somatischen ebenso tabufrei spricht wie die galanten Dichter im Gefolge Hoffmannswaldaus, jedoch als einer umgekehrten Apotheose der Sinnlichkeit.

Historisch scheint es, als wäre die Klage über die aufgezehrte Lust früher anzusetzen als der Hochgesang, da doch jene »LiebesSachen«, von denen Hoffmannswaldaus Einleitung zu seiner Werkausgabe sprach, erst mit einiger Verspätung und postum in der zwischen 1695 und 1727 in sieben Teilen von Benjamin Neukirch und anderen herausgegebenen Anthologie erschienen: »Herrn von Hoffmannswaldau und andrer Deutschen auserlesener und bißher ungedruckter Gedichte.« Hoffmannswaldaus in der Ausgabe von 1679 fast gänzlich ausgesparte »LiebesSachen« waren aber schon alle um die Jahrhundertmitte entstanden und rücken Klage und Lobpreis zumindest in ein Verhältnis der Gleichzeitigkeit, die in den individuellen Biographien auch seiner vielen Nachahmer und Nachfolger bei fortschreitender Lebenszeit stets ein Übergewicht hin zur Klage über den Verlust erhält (auf die »Venus=Lieder« folgen, dies bestätigend, selbst in der Parodie bei Arno Holz noch des Schäfers Dafnis »Buß=Thränen«). Hoffmannswaldau erklärt die Zurückhaltung seiner »verliebten Sachen«, seiner eigentlichen Lebensleistung, für die die spätere Sammlung ja berühmt, erfolgreich und berüchtigt wurde, dem Parodisten nicht unähnlich. Die Ausklammerung all dessen, was uns heute wesentlich noch interessiert, weil es ja die Herzwurzel der Poesie betrifft, wird nämlich mit seinem Alter begründet, in dem die Regung, »eines und das andere von Lust=Sachen aufzusetzen«, nicht mehr angebracht sei:

»so bundte Gedancken stehen mir so übel an / als bunte Bänder auff meinen Kleidern / und kan einem auff Eiß schlafenden nicht wol von Rosen traumen.«

Im übrigen, so insgesamt der die Lebensleistung verkennende Trost, habe er die »anderen Lust=Getichte / so noch unter meinen Händen liegen«, um nicht »zu ungleichem Urtheil« Anlaß zu geben,

»mit fleiß zu rücke gehalten / massen denn auch viel dergleichen meiner Poetischen Kleinigkeiten allbereit in unterschiedenen Händen seyn.« [X a) I,1, S. (41/42)]

Die Entdeckung der Wollust – das das historische in ein poetisches Ereignis umdeutende und befreiende Gedicht Benjamin Neukirchs »Auff die Perlitz=Mühlendorffische Hochzeit« erzählt sie uns als ein postparadiesisches Urereignis und als die teilweise Rückgewinnung der eben verlorenen goldenen Zeiten – ist für den Bereich der deutschen Literatur Hoffmannswaldaus historisches Verdienst. Das Stilsystem, in dem das die pure Sexualität als Erotik überhöhende Zivilisationsprojekt eingekleidet war, entstammt jedoch der französischen und italienischen Literatur und ist dort mehr oder weniger bereits überwunden, als es Hoffmannswaldau virtuos und von keinem seiner Nachfolger mehr übertroffen ins Deutsche importiert und transponiert.

Im Gegensatz zu unserer heutigen Zivilisation, die allenfalls eine *scientia sexualis* entwickelt hat oder ein Vokabular aus dem Bodensatz obszön verbaler Unmittelbarkeit und Direktheit besitzt, besaß das Stilsystem der Galanterie und der galanten Dichtung, die zwischen 1680 und 1730 die beliebtesten und charakteristischen motivlichen und formalen Muster behauptet, bei aller Betonung des Sensuellen und des Somatischen, der Fokuisierung auf das Obszöne, also auf die Schlüpfrigkeit der Schleimhäute und die Sekretion der primären und sekundären Geschlechtswerkzeuge, der Akzentuierung des Materiellen und damit der Hegemonisierung des Visuellen im poetischen Bezirk, ein durch intellektuelles Raffinement und durch *ingegnosità* (= Scharfsinn und Erfindungsgabe) ausgezeichnetes Benennungssystem, das eine an Delikatesse kaum übertroffene *ars erotica* konstituierte, der man – *mutatis mutandis* – neue Vorbildlichkeit wünschen möchte. Mag sein, daß die Metaphernlust dieses Stilsystems sich auch aus dem Benennungsverbot speist – wie virtuos kann der Dichter das Unaussprechliche doch auf vielfache Weise aussprechen [Osterkamp, S. 77/78] –; die spätbarocken Liebes-Imaginationen, die sich am Körper der Geliebten, der Frau schlechthin und keinesfalls an deren Seele entzünden, sind jedoch mehr als nur artistisches Aufbegehren gegen moralische Imperative; sie sind Wollust-Imaginationen schlechthin und als solche Kompensierungen der Unlust-, ja Erschreckens-Imaginationen vor dem Körper als Leiche, der/die wiederum, wie Elisabeth Bronfen jüngst gezeigt hat, als weiblich erfahren wird und wurde. Das petrarkistische System als Folie legt nahe, daß auch Andreas Gryphius die Skelette und Kadaver in seinen »Kirchhofsgedanken« unterschwellig als weiblich imaginierte.

Zwar ist die Wollust nicht eingeschränkt auf das Geschlechtliche und nur Fleischliche, sondern ausdrücklich offen für alle Freuden und Genüsse des irdischen und weltlichen Lebens, aber auf der Hintergrundserfahrung des Körpers als Leiche (und um 1650 hat auch Hoffmannswaldau wie Gryphius eine 30jährige schreckliche Kriegserfahrung hinter sich [vgl. Nobert Elias, S. 451]) bestimmt nicht so sehr die Vorstellung des Schlaraffenlandes (dieses aber auch nach den Hungerjahren) die Wollust-Imaginationen der Dichter, sondern eben der Punkt im Fleisch, der körperliche Lust gewährt. Das Erotische brauchte sich nicht durch das Benennungsverbot zusätzliche Attraktivität zu schaffen; auch kennt es Zeiten eines rigideren Benennungsverbots. Diese Zeiten haben selten die Metaphernlust beflügelt, sondern die sprachlich eher eindeutigen, harten und pornographischen Tabuverletzungen bedingt. Wo die Verlockungen des Fleisches sich so offen artikulieren konnten – die Malerei der Zeit gibt ein eindeutiges Zeugnis –, bedurfte es dieses Stimulans' nur am Rande. Der erotisch verlockende Körper, der sexuelle Akt, die Liebe als Wollust schaffen aus eigenem Anreiz im Verbund mit dem System Petrarcas und der postmittelalterlichen Entdeckung des biblischen »Hohen Liedes des Liebe« (Opitz versucht sich vorbildhaft) als einem recht weltlichen Liebeslied kompensatorisch eine Neuauflage der antiken Traditionen der *ars erotica* (Catull, Properz, Tibull, Ovid: sie werden von den einschlägigen Kupferstechern der Zeit üppigst illustriert), in der der Begriff der Wollust beinahe identisch wird mit dem anatomischen Bezirk, auf den – *gradus ad parnassum* – das Handlungsschema des Liebesspiels topographisch zentriert ist: die Schoß der Frau, der Geliebten. Das Grimmsche Wörterbuch bestätigt diesen Sprachgebrauch der Übertragung des Begriffs auf den Gegenstand, der »Wollust« bewirkt (Bd.30, S. 1389). Einerseits verengt er sich im 16. und 17. Jahrhundert; der Begriff erfährt eine prägnante Einschränkung auf die sexuelle Sphäre, auf das Gebiet geschlechtlicher Lust und geschlechtlicher Handlungen, andererseits erfolgt in der Übertragung auf den Gegenstand, der »Wollust« wirkt, in der Verselbständigung der Eigenschaften solcher Personen und Dinge, die Reiz, Schönheit und die Süße der Wollust verkörpern, eine Erweiterung ins Bild, in die Metapher, in die Allegorie.

Celander, der wohl frivolste und schon der Spätphase zuzurechnende Erotiker, spielt mit dieser Übertragung des Begriffs auf die »Wollust« bewirkende Sache. Zwar bleibt in seinem Spiel, indem er in einem Gedicht Lysander seine Arismene fragen läßt

> Wo ist wol der Wollust Garten
> Ist es nicht die schöne Schooß? (S. 179)

offen, ob es sich hier noch um eine Genetivmetapher oder schon um ein Kompositum handelt. Aber das Spiel ist rhetorischer Natur; die Antwort mithin klar, so klar wie der Unterschied zwischen: »das ist Fleisch und Blut« oder »das ist wie Fleisch und Blut«. Um den Kern dieser ingeniösen Indifferenz gruppieren sich weitere Bildungen in Unbestimmtheit, wenn auch keinesfalls in Gleichgültigkeit. Sie reichen von »Anmuths=Perlen« über »Liebes= und Wollust=Thau« bis zu »Zinnober« und erfassen vom männlichen wie weiblichen Ejakulat bis zu den kleinen Schamlippen, von der Erektion bis zum Samenerguß die gesamte Begriffspalette aus der *scientia sexualis*. Die Raffinesse des Verfahrens besteht jedoch darin, daß die bei der Metaphernbildung sonst übliche Verwandlung des Brotes in ein Geistiges hier nicht erfolgt, sondern allenfalls eine Verwandlung des Fleisches in Brot, speziell sogar in Kuchen und Konfekt. Der Entkonkretisierungsprozeß der anatomisch anstößigsten Zonen und verschwiegensten somatischen Vorgänge und Sekretionen ist gleichzeitig ein Konkretisierungsprozeß auf einer anderen Ebene der Materialität und eigentlich kein Transzendierungsprozeß. Die Furie des Somatischen konnte hier im Gegensatz zum Punkt *post mortem* auf ihrem ureigensten Gebiet, dem des Materiellen, Sensuellen und Visuellen, geschlagen werden. Der Körper und der Bereich der sexuellen Handlungen fand sich gerettet, weil die Furie des Somatischen ohne Ausflucht gebannt werden konnte (von dieser Flucht künden aus dem Gegenkontinent die vielen Begräbnisgedichte und Leichencarmina: sie sind im Unterschied zur galanten Dichtung nur im seltensten Falle Lieder über ihren Gegenstand, die Leiche, sondern sie flüchten von dort klagend – *clamatio* – ins Lob der Person – *laudatio* – und schaffen sich mit nicht minder spitzfindigen Argumentationsmustern, wie sie von den galanten Überredungskünsten bekannt sind, Trost – *consolatio* – jenseits des körperlichen Restes).

Im Bereich der galanten Dichtung wurde der Akt zum künstlerischen Akt. Dem poetischen Bildner zerging sein Material nicht zu Äther (der barocke Jean Paul weiß davon, daß man den Äther nicht mit Äther in den Äther malen kann [Vorschule, Paragraph 2]), sondern es verwandelte sich zu Wein, Malvasier, Honig und Most, zu Zimt und Zucker, zu allen Gewürzen und Düften des Orients und Okzidents oder zu allen nur denkbaren Gaumen-, Zungen und Tafel-Freuden. Das Schlaraffenland wurde mit einem Handstreich ganz nebenbei erobert, wie auch ansonsten ganze Kontinente und Inseln entdeckt wurden. »Hier stellen«, so Wolfgang Neuber, »sowohl die Entdeckungsgeschichte der Erde (die immer auch Eroberungsgeschichte ist) als auch der konsolidierte Fernhandelskapitalismus des 17. Jahrhunderts ein adäquates Feld an Bildlichkeit bereit« (S. 116). Die beliebte Schiffahrtsmetaphorik belegt die nautische Lust, aber auch viele andere Berufe und Tätigkeiten werden als Bildbereiche erobert und ausufernd strapaziert. Auch eröffnen die Dichter ein imaginäres poetisches »Grünes Gewölbe«, eine Schausammlung aller Edelsteine und Pretiosen und eine ganze Wertmetallbörse. Diese Bildbereiche – Erotik einer preziösen Warenwelt –, denen nichts eigentlich Anstößiges mehr anhaftet (läßt man/frau aus historischer Rücksicht einmal außer acht, daß diese Verdinglichung und Vergegenwärtigung von heute aus gesehen auch eine eminente Blickverengung auf die Frau als reines Objekt der männlichen Begierde darstellt), sind bekannt und auch weitgehend untersucht.

Weniger bewußt ist dagegen die Farbwelt dieser »Anmuths=Auen« und dieses »WollustGartens«. Als Garten gedacht, scheint er wie die barocke Welt überhaupt in allen Farben zu schillern. Bei genauer Betrachtung reduziert sich die Blumenvielfalt, sprich sein Farbenspektrum, jedoch im Sinne einer strengen Kultivierung und Auswahl auf einige wenige Sorten mit besonders für den erotischen Bereich dominanter Farbgebung: Rosen und Lilien, Weiß und Rot. Erst verniedlichende spätere Zeiten werden sie in ein Schema von unsinnlicher Unschuld und Liebe pressen, während sie hier noch völlig dem Bereich des Körpers (Haut, Fleisch, Lippen, Labien) und nicht der Seele angehören. Auffallend ist aber, daß die Farben generell, und »Weiß«

und »Rot« insbesondere, als adjektivische Bestandteile der barocken erotischen Bildlichkeit relativ selten begegnen. Sie treten vielmehr in den Materialisierungen der Metaphern eher indirekt als vergegenständlichte Farbattribute in Erscheinung und werden hier mehrdimensional. Elfenbein und Alabaster, Eis und Schnee, Glas, Perlen und Brillanten, Atlas, Zucker, Milch oder Lilien und Jasmin sind eben nicht nur Varianten von »Weiß«, sondern reichen von »durchsichtig« bis »hell«, von »glänzend« bis »blendend« und erzeugen neben dem Reichtum an Farbschattierungen, der mit den einfachen Farbattributen kaum zu erreichen ist, ein weiteres Verweissystem auf andere, immer gleichzeitig gültige Eigenschaften wie Wert (Edelstein, exotisches Gewürz, seltenes Aroma), Material- und Oberflächenbeschaffenheit (Glanz, Glätte, Kälte), Geschmacks- und Dufteigenschaften. Dadurch werden die Grenzen, an die etwa die Nachahmungspoetik gebunden ist, ziemlich gegenstandslos und durch Unsagbarkeits- und Unüberbietbarkeitstopoi zusätzlich erweitert.

Mit der Farbe »Rot« verhält es sich nicht anders. Ihr Spektrum charakterisiert dem barocken Dichter das Begehrlichste schlechthin, in dem das Martyrium aller Sinnlichkeit punktuell und ohne Verlust und Preisgabe des Körpers erlöst werden kann. Von solcher Erlösung und Apotheose der Sinnlichkeit jenseits der Leiche, jenseits des Martyriums, ist er besessen. Seine Körperbewußtwerdung der angenehmen Art erfolgt jedoch stets auf der Folie des Wissens vom Körper als Leiche – Grund genug, um manches erotische Gedicht auch unter die »Vermischten Gedichte« zu mischen –, des Wissens vom Schmerz des Körpers im Martyrium, das rot grundiert ist, so rot, wie das Ziel seines Martyriums, in dem es enden soll. Dieses Ziel, der »Garten der Wollust«, schimmert in allen Rotschattierungen. Das weiß selbst noch der viktorianische Pornograph, dem unerachtet des Benennungsverbots weibliche »Mösen« den Zauber der Farbe lehren. Welche Farbe die Lust hat, ist für ihn ausgemachte Sache: einmal ist sie zart korallenrot und manchmal dunkel bläulichkarmin, oft verlockend hochrot und gelegentlich geheimnisvoll dunkelrot [Walter: Viktorianische Ausschweifungen. Nördlingen 1986, S. 287–292]. Im Gegensatz zu dessen Farbenskala und zu dessen anschließendem monströsem Entwurf einer »Physiognomie der Möse« wird der barocke »Garten der Wollust«, wird die weibliche Schoß nicht klassifiziert, sondern inszeniert. Nicht nur daß sie »rot« gemalt wird, sie wird auch gestaltet und aufgebaut nach den Gesetzen des Theaters. Nur gelegentlich erfolgt die Inszenierung im Adjektiv. Wenn die Farbe »Rot« begegnet, die von rosa und flieder für Verliebtheit, über rot für die Liebe selbst, über purpur und lila für royalty and vulgarity, zu dunkelviolett für Passion und Leiden führt, heißt sie im Barock »Scharlach«, »Zinnober« oder »Caramasin«. Viel interessanter aber sind auch hier die vergegenständlichten Farbattribute, die weiterführenden Materialisierungen des Farbspektrums, in denen der barocke Dichter die weibliche Schoß viel phantastischer werden läßt als der poetischste Pornograph mit noch so vielen Rotschattierungen. Dazu sind den barocken Dichtern Rosen so dienlich wie Blut, Feuer, Glut und Flammen; sie lassen sich von bernsteinfarbener Honigblende, von der violetten Varietät von Quarz, von Amethyst also, oder auch vom gelblichroten Korund, von Korallenmoos mit roten Apothezien, von rot geglühtem Achat und schlußendlich von Zinnober, der wichtigsten Rotfarbe der Malerei und der Kosmetik seit dem frühen Mittelalter, inspirieren. Am liebsten aber schmücken sie die aus Marmor und Alabaster aufgebaute Halle, den Tempel aller Lust, versteckt in einem schwarzen Myrtenhain, mit Rubinen. Die schmücken wohl auch Lippen, Mund (mund=rubinen) und Brustspitzen:

Ein alabaster=hauß / so mit rubinen prahlt (S. 14)

Zwey bette / wo rubin und marmel hochzeit machen /
Wo süsse mandel=milch der rosen scharlach wäscht. (S. 15)

Bezeuget als rubin sich auff der berge spitzen (S. 27)

Was ist vor ein Rubin denn in der Mitten hier? (S. 159)

Sie sind jedoch besonders schön da anzusehen, wo man sie nur schwer zu sehen bekommt. Johann von Bessers voyeuristischer Celadon schildert sie beredt:

Hilff himmel / welcher schmuck! was süsse wunderwercke /
Der schönheit gröste pracht mit aller ihrer stärke /
Der liebe paradieß ward hier uns auffgedeckt /
So Chloris uns bißher zur sicherheit versteckt.
Das liebste / das man kennt / und doch sich scheut zu nennen /
Weil auch das blosse wort uns schon vermag zu brennen /
War hier insonderheit gantz ungewöhnlich schön /
Und ließ sich auch / vor stoltz / hoch aufgebrüstet sehn.
Es lag wie ein castell von marmor auffgeführet /
In einem liljen=thal / den seine gegend zieret /
Des eingang von rubin / und gantze lager=statt
Nichts als ein schatten=werck von myrthen um sich hat.

Es sah von forne zu (hier fehlt der beste pinsel)
Als wie ein grotten=haus / wie jene morgen=insel /
Wo die glückseligkeit den tag zu erst beschaut /
Und wo die nachtigall in lauter rosen baut.
Die zwo von helffen=bein so rund gewölbten hüffte
Verdeckten diesen sitz als ein paar gleiche klüffte /
Durch deren schutz kein sturm auff das gestade streicht /
Und dieses lust=revier dem steten sommer gleicht.
Kein apffel kan so frisch sich an den stengel halten /
Kein purpur=pfirsig ist so sanfft und zart gespalten /
Kein kleiner raum der welt hat so viel überfluß /
Als in der Chloris schooß der weisse nabel=schluß. (S. 53)

Die Varianten, die der Apfel und der Purpurpfirsich ins Spiel bringen, sind natürlich ganz außergewöhnlich delikat, erregen sie doch neben den Augen auch den Geruchs- und den Geschmackssinn. Celander gibt sich mit dieser Zuschau(er)position jedoch nicht mehr zufrieden. Das Körperpanorama, das der Enkel Hoffmannswaldaus aufbaut, versucht mit der Hand zusätzlich den Tastsinn als Steigerung ins Spiel zu bringen, und er versteht Inszenierung nicht mehr nur als Szenographie.

Und ist nicht die Schooß die Stelle?
  Die uns alle Anmuth zolt /
Ist sie nicht die Feuer=Quelle?
  Daraus AEthna Flammen hohlt.
Sie ist Pharos, Port und Leuchte /
  Und das schöne Morgen=Land /
Ihre angenehme Seichte
  Macht den Glückes=Strand bekandt.
Ihre duncklen Opffer=Hallen /
  So ein Mirthen=Wald umgiebt /
Sind gezieret mit Corallen /
  Deren Schmuck ein jeder liebt.
Marmor / Myrthen und Rubinen
  Sind der Zierrath ihrer Schoß /
Selbst die Anmuth muß ihr dienen /
  Das Ergötzen macht sie groß.
Drum mein Engels=Kind vergönnet
  Meiner Hand den Kröhnungs=Griff / (S. 180)

Die *via amoris* ist zuallererst ein Handlungsmuster, und auch dieses will arrangiert, inszeniert und variiert werden. Auch diesem gelten Intensivierungs- und Steigerungsbemühungen. Da der Ablauf, da der Vollzug des Grundmusters in fünf Akten naturgemäß eine eher schematische Vorgabe darstellt, erfährt der erotische Vorgang Variation und

Überraschungsmomente dadurch, daß kaum ein Tätigkeitsbereich als Bildbereich mehr undenkbar scheint, um modellhaft für jenes fünfaktige, mehr zu Scherzhaftigkeit und komödiantischem Übermut als zu Tragik neigendem Drama zu dienen. Wo immer es sich selbst genügt, Selbstzweck bleibt, ist der Handlungvorgang ungefährdet, und nur dort, wo das Spiel der Erotik als Mittel, Waffe oder Strategie zu schon im antiken Vorbild gänzlich fremden Zwecken eingesetzt wird, erhält die Wollust jenen Beigeschmack, den das System des Marquis de Sade später konsequent kultiviert. Lohensteins Trauerspiel-Beispiel vermag diesen Umschlag im Ansatz vielleicht zu skizzieren; aber der Umschlag wird nur gelingen unter dem gänzlichen Verzicht auf die Metapher und durch Kompensation und Ersetzung des alten erotischen Systems durch eine Personalvermehrung sondergleichen. Im Zusammenhang mit anderen, eher szenisch strukturierten Galanterien sollte Lohensteins gewagte Verführungsszene (sie erinnert nochmals an die Kehrseite des erotischen Kontinents, denn dieser Szene korrespondiert am Ende des Dramas die Szene an der Leiche der Agrippina) einerseits die problematische inhaltliche Grenze zeigen, an der sich die fünfaktige Handlung »Akt« gemäß der fünf Stufen zum Parnaß bewegt, andererseits aber auch formal, wie sich das Thema ganz dramatisch wörtlich nehmen kann. Die eher schon im formalen Grenzbereich angesiedelte Möglichkeit erinnert jedoch nachdrücklich daran, daß in der Ausbildung und Anwendung vieler Formen für das erotische Kultivierungsprojekt des Sexus eine imponierende Variationsbreite ausgebildet wurde, die das schmale, stets auf den einen Punkt zielende Thema schier unerschöpflich zu machen schien. Ob als dramatisch strukturierte Überredungsszene, ob als Sonett, ob madrigalisch oder ob eher episch erzählend, ob als Strophenlied, Rollengedicht oder Wechselgesang, ob als Schäferspiel oder als lyrischer Brief, ob in der Casualform des Hochzeitsgedichts oder als Ikongedicht (= Bildreihengedicht, Katalog), ob als sogenannte Tenzone (= Streitgedicht) oder als Blason (Abriß, Abbildung), der Ausbeutung des Themas, seines Handlungsschemas, seiner Protagonisten, ihres Kostüms oder Nichtkostüms, der Gegenstände, Requisiten, der Topographie bzw. ihrer virtuosen Szenographien schien kaum eine Grenze gesetzt zu sein. Jede Form bedingte andere Strategien, zum Höhepunkt zu kommen: Aussparung oder schneller, witzig pointierter Sprung ins Ziel, eindeutige Andeutung oder genüßliches Zurücklegen und Ausmalen des gemeinsamen Weges unter vielerlei retardierenden, gleichwohl stets luststeigernden Momenten, Vorwegnahme des Zieles als Wunsch, Bitte und Traum oder Skizzierung des Zieles als künftiger ehelicher süßer Pflicht.

Jede Form, jede Strategie, jede Metapher dient dazu, im Akt der künstlerischen Gestaltung, das Somatische, den körperlichen Akt, die Obszönität des Fleisches kulturell zu meistern und zu bannen und in jener *certa lascività* zu besiegen, die nichts Verruchtes, gar Anstößiges mehr an sich hat, weil diese ›gewisse Schlüpfrigkeit‹ jener Zweideutigkeit sehr nahe kommt, die alles poetische Sprechen ohnehin auszeichnet und die als Mehr- oder Vieldeutigkeit in der Poesie intentional immer konstitutiv ist. Dem barocken Dichter gelingt weniger ein Sieg über das Benennungsverbot (er war nicht seine primäre Absicht, und den Sieg tragen Spätere in harter Diktion davon), sondern ein künstlerischer Sieg über die Sexualität pur. Der Sieg gelingt, nicht indem er sie leugnet, sondern indem er sie als Anstößigkeit von der besonderen Art kultiviert. Schlüpfrig in diesem Sinne werden Mund, Lippen, Zungen und Kuß, werden Schleimhäute, Scham und Schoß, indem ihre direkte Benennung und direkte Beschreibung wie die Beschreibung sexueller Akte sich geradezu von selbst verbietet. Es bedarf gar keiner Instanz für ein Verbot. Die Eindeutigkeit von trivialer Benennung und metaphernloser Beschreibung mag zwar – Funktion aller pornographischen Produkte – eine primäre Schlüpfrigkeit erzeugen und auch sozialpsychologisch und -hygienisch befriedigen. Erotisch im Sinne einer kulturellen Überhöhung, einer geistigen Laszivität, einer *ars erotica*, der das Fleisch in allem gegenwärtig wird – Spracherotik –, ist sie sicherlich nicht. Nur jenen vom Zauber des Körper inspirierten Dichtungen, jener Poesie aus der Entdeckung der Wollust, die ihre Herzwurzel ist, dem barocken Gegengesang, dem Widerruf, der Palinodie auf die Leiche, dem obersten emblematischen Requisit barocker Dichtung und insbesondere des Trauerspiels, gelang die Erotisierung des ganzen Lebens und der Welt. Als ein indirektes Manifest – *Carpe diem!* – bleibt diese Dichtung wie der Körper mit ihrer/seiner erotischen Botschaft aber unentwegt und besonders in jedem künstlerischen wie sexuellen Akt auch ein stetes, wenngleich stilles *Memento mori!*.

Zum Text

Dieses Auswahlbändchen aus den umfangreichen Abteilungen der »Galanten« oder »Verliebten Poesie« stellte textkritische Fragen nicht unbedingt in den Vordergrund. Zögen ihre LeserInnen jedoch zum Vergleich einmal die im Umlauf befindlichen Textstände anderer Anthologien heran, so würde sich der Vorteil dieser Ausgabe schnell erweisen. Sie bietet neben den Texten nach der verdienstvollen kritischen Neuausgabe der Neukirchschen Sammlung, die nun abgeschlossen vorliegt, Textfassungen, die bemüht sind, möglichst nahe am Ursprung zu bleiben.

Wo immer eine Erstausgabe erreichbar war, stellt diese Ausgabe die jeweils authentische Schreibweise der Vorlage zur Verfügung, einschließlich der Virgeln (Schrägstriche für Kommata) sowie der Unterscheidung von doppelten und einfachen Binde- und Trennungszeichen innerhalb der typographischen Differenzierungen für Eigennamen und Wörter fremder Herkunft. Deren Satz erfolgte üblicherweise in einer Antiqua-Auszeichnung, die unsere Texte – eine Ausnahme bildet nur Joachim Beccaus Gedicht »Auf eines Bereiters Hochzeit« – nicht wiedergeben. Ebenso wurde auf die Fettauszeichnungen und die Abkürzungszeichen für Doppelkonsonanten verzichtet. Sie erscheinen aufgelöst zu Doppel-n und Doppel-m.

Der Verzicht auf modernisierende Schreibweise (und schon beim Eingriff in die Virgeln ergeben sich enorme Textveränderungen, ja Textverfälschungen) ist kein Plädoyer für eine Faksimileausgabe als Ideallösung, die nur die Rahmenbedingung einer populären Reihe nicht zulassen würde. Unser Verzicht resultiert vielmehr aus der Einsicht, daß mit der Etikettierung »in moderat modernisierter Schreibweise« im Falle der Präsentation »Galanter Poesie« fast immer ein Schindluder sondergleichen an den Texten verschleiert wird. Eines solchen unverzeihlichen Mißbrauchs machen sich selbst Herausgeber schuldig, auf deren grundsolide Namen man ansonsten glaubt, vertrauen zu dürfen. Nicht nur die Bequemlichkeit, die glaubt, auf einen Abgleich mit den Originalausgaben verzichten zu können, wird mit dieser Erklärung gedeckt, nicht nur das ungeprüfte Abkupfern von schlechten Textständen wird damit legitimiert, sondern die scheinbar alles entschuldigende Wechselwährung scheint auch dafür geradezustehen, daß willkürlich gekürzte Texte (manchmal um mehr als die Hälfte) nicht einmal mehr als solche mit Auslassungen gekennzeichnet werden müssen.

Dieser Raubbau an der historischen Substanz der Texte – er offenbart sich zumeist in der Generosität, mit der im Gegenzug in den Quellenangaben auf Seitenzahlen verzichtet wird – hat mit dem aufrichtigen hermeneutischen Bemühen, hat mit der behutsamen Altbausanierung im Reiche des Geistes wenig zu tun, für die die Entscheidung zu moderner Schreibweise ansonsten unerachtet solchen Mißbrauchs immer noch zu stehen vermag. Im Falle dieser Ausgabe ersetzen deshalb Farbe und Vignetten die Anstrengungen der subtilen Hermeneutik aus dem Geiste einer geregelten modernen Rechtschreibung; sie wollen auf ihre Art die Notwendigkeit jener Kunst unterstreichen, die dem modernen Bewußtsein Inhalte klarmacht, die im Text zunächst gar nicht mehr drinzustehen scheinen.

Zu den Abbildungen

Der Ausschnitt auf dem Umschlagbild entstammt einem Blatt des holländischen Kupferstechers, Zeichners und Verlegers Jacob Matham (1571–1631). Die Darstellung der sinnlichen Freuden mit dem Titel »Die Liebe« entstand um 1600.

Das Frontispiz (S. 5) schuf der holländische Maler, Zeichner und Kupferstecher Crispyn de Passe, der Ältere (1564–1637; es zeigt nach einer Vorlage des flämischen Malers Marten de Vos (1532–1603) die Göttin Venus, die hier als eine allegorische Personifikation der Wollust in der Bedeutung von »sinnliches Wohlleben«, »Weichlichkeit«, »Üppigkeit« und »Überfluß« verstanden werden darf.

Die Abbildung der »Venus Genetrix« (S. 199) stammt aus dem Buch »L'Arétin d'Augustin Carrache«. Das künstlerisch ausgezeichnete Eroticon, eine Sammlung erotischer Positionen, die der französische Zeichner und Radierer Jacques Joseph Coiny (1761–1809) nach den durch Marc Antonio Raimondi überlieferten Liebespositionen von Giulio Romano zu Aretinos »Sonetti lussuriosi« schuf, erschien 1798 in Paris. Der ursprünglich von Cäsar eingeführte Kult der »Venus Genetrix« als der Stammutter des julischen Herrscherhauses, auf den sich das erste Blatt des »Recueils« bezieht, darf in der Zeit des Umbruchs am Ausgang des 18. Jahrhunderts nur noch in einem ins Allgemeine übertragenen Sinne gedeutet werden.

Die Vignetten des Buches bedürfen gemäß der Logik ihres voyeuristisch verengten Blicks keines Einzelnachweises mehr. Sie entstammen alle dem Zeitraum und dem Umkreis der vorstehend genannten Künstler und sind thematisch im Sinne dieser Anthologie ausgerichtet.

Bibliographie

A. Quellen

Aufgeführt sind nur solche Titel, denen Texte entnommen wurden

I [ABSCHATZ, HANNSS ASSMANN FREYHERR VON]
Herrn Hannß Aßmanns Freyherrn von Abschatz ... Poetische Übersetzungen und Gedichte ... Leipzig und Breßlau 1704. Faksimiledruck, hrsg. von Erika Alma Metzger, Bern 1970

II [BECCAU, JOACHIM]
Bey Verschiedenen Gelegenheiten Entworffene Ehren=Gedichte ... Von Beccau. Hamburg 1720

III [CELANDER]
Celanders Verliebte= Galante/ Sinn= Vermischte und Grab=Gedichte. Hamburg und Leipzig 1716

IV [CORVINUS, GOTTLIEB SIEGMUND]
a) Proben Der Poesie In Galanten- Verliebten= Vermischten= Schertz= und Satyrischen Gedichten abgelegt Von Amaranthes. Franckfurt und Leipzig 1710
b) Proben Der Poesie... Anderer Theil. Franckfurt und Leipzig 1711

V [DELICIAE POETICAE]
Deliciae Poeticae, Oder: Poëtische Ergötzlichkeiten, für alle Menschen ... Erste Parthie und Andere Parthie. Aus der Poëtischen Kammer-Druckerey 1728

VI [FLEMING, PAUL]
Geist= und Weltliche Poëmata, Paull Flemmings... Naumburg und Jena 1660

VII [GRYPHIUS, ANDREAS]
Andreas Gryphius: Gesamtausgabe der deutschsprachigen Werke. Hrsg. von Marian Szyrocki und Hugh Powell. Tübingen 1963–1966

VIII [GÜNTHER, JOHANN CHRISTIAN]
Sammlung von Johann Christian Günthers, aus Schlesien, bis anhero edirten deutschen und lateinischen Gedichten, Auf das neue übersehen, Wie auch in einer bessern Wahl und Ordnung an das Licht gestellet. Nebst einer Vorrede... Breßlau und Leipzig 1735

IX [HÖLMANN, CHRISTIAN]
Christian Hölmann: Galante Gedichte. Mit Christoph G. Burgharts Gedichten. Hrsg. von Franz Heiduk. München 1969

X [HOFFMANNSWALDAU, CHRISTIAN HOFFMANN VON]
a) C.H.v.H. Deutsche Übersetzungen Und Getichte. Mit bewilligung deß Autoris. Breßlau 1679/80. Faksimiledruck im Rahmen der Ausgabe Gesammelte Werke. Hrsg. von Franz Heiduk, Bd.I, Teil 1 und 2: Deutsche Übersetzungen und Getichte. Hildesheim/Zürich/New York 1984

b) Herrn von Hoffmannswaldau und andrer Deutschen ... Gedichte. Sieben Theile. Leipzig/Glückstadt/Franckfurt 1695–1727 (= Neukirchsche Sammlung). Neudruck mit einer kritischen Einleitung und Lesarten. Hrsg. von Angelo George de Capua u.a. Tübingen 1961–1991

XI [Hunold, Christian]
Galante, Verliebte Und Satyrische Gedichte Erster und Anderer Theil Von Menantes. Dritte Auflage. Hamburg 1711

XII [Le Pansiv]
Poetische Grillen bey Müßigen Stunden von le Pansiv. Erfurt 1729

XIII [Lohenstein, Daniel Casper von]
a) Daniel Caspers von Lohenstein Blumen. Breßlau 1680. Faksimiledruck unter dem Titel: Lyrica. Hrsg. und mit einem Nachwort versehen von Gerhard Spellerberg. Tübingen 1992
b) Daniel Caspers Agrippina Trauerspiel. Breßlau 1665

XIV [Mencke, Johann Burckhard]
Philanders von der Linde Galante Gedichte, Darinnen So wol eigene verliebte Erfindungen, als allerhand auswärtiger Poeten übersetzte Liebes=Gedichte ... Leipzig 1710

XV [Mühlpfort, Heinrich]
Heinrich Mühlpforths Poetischer Gedichte Ander Theil. Franckfurt und Breßlau 1687. Faksimiledruck in: Heinrich Mühlpfort: Teutsche Gedichte. Poetischer Gedichte ander Theil. Hrsg. und eingeleitet von Heinz Entner. Frankfurt 1991

XVI [Riederer, Johann Friederich]
Johann Friederich Riederers Norimb. Leichen-, Hochzeit-, Vermischt und Geistliche Gedichte. Nürnberg 1711

XVII [Gottlieb Stolle = Leander]
Des Schlesischen Helicons auserlesne Gedichte Oder Etlicher vortrefflicher Schlesier biß anhero ohnbekandte Poëtische Galanterien... Frankfurt und Leipzig 1699

XVIII [Stoppe, Daniel]
Erste Sammlung von Daniel Stoppens Siles. Teutschen Gedichten. Frankfurt und Leipzig 1728. Zweyte Sammlung 1729

B. Literaturhinweise

Bronfen, Elisabeth: Nur über ihre Leiche. Tod, Weiblichkeit und Ästhetik. München 1994

Elias, Norbert: Das Schicksal der deutschen Barocklyrik. Zwischen höfischer und bürgerlicher Tradition. In: Merkur 6, 1987, S. 451–468

ETTLINGER, JOSEF: Christian Hofmann von Hofmannswaldau. Halle 1891

GLASER, HORST ALBERT: Annäherungsversuche: zur Geschichte und Ästhetik des Erotischen in der Literatur. Bern 1993

HEIDUK, FRANZ: Die Dichter der galanten Lyrik. Studien zur Neukirchschen Sammlung. Bern und München 1971

HOFFMEISTER, GERHARD: Petrarkistische Lyrik. Stuttgart 1973 (= Sammlung Metzler 119)

HÜBSCHER, ARTHUR: Die Dichter der Neukirchschen Sammlung. In: Euphorion 24, 1922, S. 1–28 und 259–287

KADE-LUTHRA, VEENA / ZEILE, CHRISTINE: Suchbilder der Liebe. Liebesgedichte vom Barock bis zur Frühmoderne kommentiert von Veena Kade-Luthra und Christine Zeile. Münster 1983

LUHMANN, NIKLAS: Liebe als Passion. Zur Codierung von Intimität. Frankfurt 1982

MEYER-KALKUS, REINHART: Wollust und Grausamkeit. Affektenlehre und Affektdarstellung in Lohensteins Dramatik am Beispiel von ›Agrippina‹. Göttingen 1986 (= Palaestra, Bd.279)

NEUBER, WOLFGANG: Die Sinnlichkeit des Ungelebten. Zu einigen Aspekten deutscher erotischer Lyrik im Barock. In: Erotik. Versuch einer Annäherung. Ausstellung des Historischen Museums der Stadt Wien und der Wiener Stadt- und Landesbibliothek. Hrsg. von Otto Brusatti. Wien 1990, S. 114–118

OSTERKAMP, ERNST: Liebe und Tod in der deutschen Lyrik der Frühaufklärung. In: Critica Poeticae. Lesarten zur deutschen Literatur. Hans Geulen zum 60. Geburtstag. Hrsg. von Andreas Gößling und Stefan Nienhaus. Würzburg 1993, S. 75–100

ROTERMUND, ERWIN: Christian Hofmann von Hofmannswaldau. Stuttgart 1963 (= Sammlung Metzler 29)

SCHLAFFER, HEINZ: Musa iocosa. Gattungspoetik und Gattungsgeschichte der erotischen Dichtung in Deutschland. Stuttgart 1971

SCHÖBERL, JOACHIM: »liljen = milch und rosen = purpur«. Die Metaphorik in der galanten Lyrik des Spätbarock. Untersuchungen zur Neukirchschen Sammlung. Frankfurt 1972

SCHUSTER, WILHELM: Metrische Untersuchungen zu Christian Hofman von Hofmanswaldau. Diss. Kiel 1913

THURAU, ELSE: »Galant«, ein Beitrag zur französischen Wort- und Kulturgeschichte. Limburg a.d. Lahn 1936

WALDBERG, MAX FREIHERR VON: Die galante Lyrik. Beiträge zu ihrer Geschichte und Charakteristik. Straßburg 1885

WENDLAND, ULRICH: Die Theoretiker und Theorien der sogen. galanten Stilepoche und die deutsche Sprache. Ein Beitrag zur Erkenntnis der Sprachreformbestrebungen vor Gottsched. Leipzig 1930

WIEDEMANN, CONRAD (Hrsg.): Der galante Stil 1680–1730. Tübingen 1969 (= Deutsche Texte 11)

WÖLFEL, KURT: Die Kostbarkeiten der Geliebten. Über Pretiosenmotivik in der Liebeslyrik des 17. Jahrhunderts. In: Krohn, Rüdiger: Liebe als Literatur. Aufsätze zur erotischen Dichtung in Deutschland. München 1983, S. 209–231

Verzeichnis der Autoren und der Druckvorlagen

Die römischen Ziffern verweisen auf die Bibliographie der Quellen

Inhalt